WLADA KOLOSOWA

FLIEGENDE HUNDE

Roman

Alle Protagonisten dieses Romans sowie der Ort Krylatowo sind fiktional. Die angeführten Rezepte schaden der Gesundheit, schmecken fürchterlich und garantieren keinen Gewichtsverlust.

TEIL I

Kapitel 1

Oksana

LENINGRAD-DIÄT

125 Gramm. Die Brotscheibe war nicht viel größer als eine Damenbinde und kaum doppelt so dick. Oksana nahm sie von der Waage und hielt sie gegen das Fenster. Licht schien durch die Brotlöcher. Sie legte die Scheibe wieder auf die Waage. 125 Gramm, immer noch. Sie schüttelte die Waage. Schüttelte das Brotstück. Es brachte nichts, die Waage zeigte hartnäckig: 125 Gramm. Selbst Milka, ihre Katze, bekam am Tag doppelt so viel zu essen.

Oksana schnitt die Scheibe in drei Streifen – Frühstück, Mittagessen, Abendessen – und schob sich gleich die erste in den Mund. Eigentlich sollte man jeden Bissen hundertmal kauen, aber das Brot löste sich bereits beim einundzwanzigsten Mal auf wie ein billiger Kaugummi. Sie feuchtete ihren Daumen an, klaubte damit die Brösel auf dem Schneidebrett zusammen und leckte ihn ab – eine Angewohnheit, die sie von ihrer Mutter hatte. Dann fiel ihr ein, dass es unerlaubte Extrakalorien waren. Sie wischte ihre krümelpanierte Zunge schnell an einem Küchentuch ab und ärgerte sich: Nur fünf Minuten nach Diätbeginn hätte sie schon fast geschummelt.

Heute war der erste Tag ohne Lena und auch Tag eins

der Leningrad-Diät. Oksana hatte die Diät am Tag zuvor auf Seite 29 der Google-Ergebnisse entdeckt, als sie für ihr Referat zur Nahrungsmittelversorgung während der Leningrader Blockade recherchierte.

leningrad-diet.ru: »Gewichtsverlust wie in der Hungersnot! Die härteste! schnellste! wirkungsvollste! Abnehmkur des Internets.«

Die Idee dahinter: Man durfte nur so viel essen wie die Menschen während der Hungerbelagerung von Leningrad und nahm genauso heftig ab.

Erlaubt waren ausschließlich Gerichte, die damals in der belagerten Stadt aus der Not heraus zubereitet wurden: Ledergürtelsuppe, Pudding aus Tischlerleim, Graspüree, und so weiter. Ein Menü für Hardcore-Magersüchtige, das war Oksana schon klar. Aber sie fand, dass es ihr nicht schaden würde, zumindest ein bisschen magersüchtig zu sein: Sie hatte in ihrem Leben noch nie eine Diät länger als bis zum Abendessen durchgehalten.

Die Internetseite hatte etwas Verbotenes, fast Ketzerisches. Die Leningrader Blockade, in der Schule selten ohne das Attribut »Heldentat« oder »Tragödie« genannt, wurde hier als Anleitung für eine Diät empfohlen. Die Erwachsenen würden einen Anfall bekommen. Kein Wunder, dass die Betreiber der Website so um Geheimhaltung besorgt waren. Um Zugang zum Forum und den Blockaderezepten zu bekommen, musste Oksana eine Bewerbungs-E-Mail an apply@leningrad-diet.ru schicken, mit ihrem vollen Namen, ihrer Größe, ihrem Gewicht, Links zu ihren Profilen auf Facebook und Vkontakte sowie ihrer Postadresse und Telefonnummer.

Drei Stunden nachdem sie die E-Mail abgeschickt hatte, klingelte das Telefon, unterdrückte Nummer.

»Alo! Mit wem spreche ich?«, hatte die junge weibliche Stimme am anderen Ende der Leitung ein wenig lispelnd gefragt.

»Oksana Marinina«, sagte Oksana.

»In welcher Klasse bist du?«

»Zehnte.«

»Was nehmt ihr gerade in Russisch durch?«

»*Krieg und Frieden*.«

»Und in Mathe?«

»Kurvendiskussion.«

»Gut«, sagte die Stimme. »Wir fragen das nur ab, um sicherzugehen, dass du wirklich die bist, für die du dich ausgibst. Könnte ja sein, dass irgendeine wachsame Mutter versucht, sich einzuloggen ... Du bekommst gleich eine E-Mail mit dem Passwort – wechsele es jede Woche. Lösche deinen Browserverlauf nach jedem Forumsbesuch, speichere die Seite nie unter deinen Favoriten und logge dich nie ein, wenn Erwachsene im Raum sind. Viel Erfolg!«

Sobald Oksana – Username *Hunger16_w* – sich Zugang zum Forum verschafft hatte, sah sie sich den Diätplan an. In den ersten zwei Wochen war nur die Mindestbrotration der Blockadeopfer vorgesehen, also die 125 Gramm pro Tag, dazu heißes Wasser und eine Vitaminpille. Letztere war zwar historisch nicht korrekt und ergab vier Kalorien extra, doch gehörten Vitamintabletten zu den wenigen erlaubten Ausnahmen. Man brauchte sie, um Haarverlust vorzubeugen, hatte Oksana im Userforum gelesen. Sie schluckte vorsichtshalber zwei. In ihrem Geschichtsbuch gab es Fotos von der Befreiung der Stadt nach der dreijährigen Belagerung durch die Nazis. Halb Leningrad sah darauf aus wie eine Onkologieabteilung.

Oksana wollte auf keinen Fall wie ein Chemo-Patient aussehen. Sie fand, dass ihre Haare das Schönste an ihr waren: schwarz und schwer, fast mongolisch, aber viel weicher und heller. »Sie sehen teuer aus«, hatte Lena immer gesagt, wenn sie Oksanas Haar kämmte – das größtmögliche Kompliment aus ihrem Mund.

Haarverlust konnte sie sich nicht leisten. Sie hatte sich schon eine komplizierte Frisur für die Party zu Lenas und ihrem siebzehnten Geburtstag überlegt, passend zu dem Spitzenkleid, das ihre Patentante ihr aus Chemnitz geschickt hatte. Die Tante war vor drei Jahren nach Deutschland emigriert und hatte bei der Kleiderwahl vergessen, Oksanas Pubertät einzukalkulieren, all die Extrakilos, die Extrakurven, den Extra-Arsch.

Oksana fand ihren Hintern nicht unbedingt fett oder schwabbelig. Er war einfach sehr da, ein schlecht getimtes Erbe ihrer Familie. Ihre Großmutter hatte sich mit ihrem Arsch den Parteifunktionär geangelt, ihre Mutter den Stewardessenjob in den Achtzigern. Heutzutage brachte ihr Hintern Oksana rein gar nichts, außer Sprüchen auf dem Schulhof: »Dein Arsch«, hatte am Freitag Mammut aus ihrer Klasse gerufen, »ist die größte Sehenswürdigkeit von Krylatowo.« Das tat weh, auch wenn Oksana zugeben musste, dass es in Krylatowo sonst keine Sehenswürdigkeiten gab, außer vielleicht dem quadratkilometergroßen Hypermarkt für Lebensmittel.

Als Lena und sie verglichen, ob ihre Ärsche sich ähnlich anfühlten, war sie erstaunt, dass sie das tatsächlich taten, obwohl Lenas Hintern praktisch nicht vorhanden war und aspirinweiß, unabhängig der Jahreszeit. Lena war schon immer das größte Mädchen der Schule gewesen, blass, etwas glupschäugig und dürr. Lenas Familienkosename war »Glista« – Bandwurm. Die Kerle in der Schule nannten sie »Der Rechen«, weil sie so hager war (und auch, weil ihre Zähne etwas auseinanderstanden).

Oksana fragte sich manchmal, ob Lena schön war, und hatte nie eine Antwort darauf. Lena war einfach da, schon ein Leben lang und noch ein bisschen länger. Sie wohnten seit jeher Haustür an Haustür. Nur eine Wand trennte die Schlafsofas, auf denen sie gezeugt worden waren. Ihre schwangeren Mütter hatten täglich auf der Sonnenbank vor dem Mietshaus getratscht, Bauch neben Bauch, später Kinderwagen neben Kinderwagen.

Seit der ersten Klasse gingen Oksana und Lena Ranzen an Ranzen in die Schule, teilten eine Schulbank, Schokolade, Sorgen und Grippeviren. Als sie zehn waren, knabberten sie sich gegenseitig den Schorf von ihren Knien, um einen Pakt zu besiegeln: Sie würden zusammenziehen, wenn sie innerhalb des heiratsfähigen Alters, also bis dreißig, niemanden gefunden hatten, der sie zur Frau nehmen wollte. Lange sah es so aus, als könnte das, zumindest im Fall von Lena, zutreffen.

Lena war die Letzte in der Klasse, die Brüste bekam, und die Letzte, die einen Jungen küsste. Oksana hatte zu dem Zeitpunkt schon dreieinhalb Mal rumgemacht, dreimal mit Zunge, einmal ohne. Trotzdem tat Lena ständig so, als sei *sie* die Expertin, und trug immer einen Rollkragenpullover in der Schule, um vermeintliche Knutschflecken zu bedecken. Ein Rechen im Rollkragenpullover. Und jetzt ein Model. Oksana fand das unfair: Wie konnte es sein, dass jemand nur dank seiner Unterernährung ein neues Leben geschenkt bekam? Und wie konnte es sein, dass dieser Jemand bisher keine einzige E-Mail aus Shanghai geschickt hatte? Lena müsste seit

Stunden gelandet sein. Wahrscheinlich war sie gerade zu beschäftigt damit, sich durch Hunderte von Kanälen in einem dieser ultraschicken Hotels zu zappen, dachte Oksana voller Neid, goss heißes Wasser in eine Tasse und nahm den Teller, auf dem die zwei restlichen Brotstreifen lagen, mit in ihr Zimmer. Um sich davon abzuhalten, ihre E-Mails zum zwanzigsten Mal abzurufen, ging sie auf *leningrad-diet.ru*. Auf der Startseite empfing sie das stilisierte Bild eines ausgemergelten Blockadeopfers mit spitzen Rippen und dünnen Armen. Es war in Schwarz und Rot gehalten, ganz wie das berühmte Pop-Art-Bild von Che Guevara. Darunter stand der Slogan: *Phänomenale Ergebnisse. Die Geschichte ist unser Beweis.* Es folgten die Regeln.

1. Wer frisst – fliegt.
2. Wer plappert – fliegt.
3. Wer uns durch mangelnde Vorsicht verrät – fliegt auch.
4. Wer aufgibt – sieht uns nie wieder.
5. Wer neu ist – muss sich beweisen.

Im Forum konnte man motivierende Gewichtsverlustgeschichten nachlesen: *Red_Star* hatte sechzehn Kilo abgenommen, *Dünner* wog inzwischen vierunddreißig Kilo, *Patriotka* hatte einen Fettanteil von acht Prozent. Unter der Rubrik »Nährwert« stieß Oksana auf eine lange Liste mit detaillierten Angaben, zum Beispiel, dass Zahnpasta eine Kilokalorie hatte, Sperma hingegen zwischen fünf und sieben. In der Sektion »Blockadeessen« hatten User Rezepte der Kriegsgeneration zusammengetragen, inklusive Tipps, wo man die Produkte heute herbekam.

Grasküchlein, gebacken in Industrieöl.
Mehl aus Eichenrinde.
Tapetenkleistergelee mit Nelken und Lorbeerblatt.
Pappmaché-Buletten.

Oksana fand alle Rezepte zum Würgen, aber ihr Magen, erinnert an Nahrungsaufnahme, fing an zu grummeln wie ein Dieselbus, der Fahrt aufnimmt. Sie beschloss, einen klitzekleinen Bissen von dem zweiten Brotstreifen zu nehmen, um ihn zu beruhigen ... Und stellte fest, dass auf dem Teller nur noch ein Scheibchen lag. Das andere hatte sie offenbar beim Lesen gegessen, ohne es zu bemerken.

Aus Frust rief sie doch ihre E-Mails auf.

Null neue Nachrichten.

Sie schielte zu dem dritten Stück Brot hinüber, zu diesen lächerlichen 41,6 Gramm. Kaum breiter als ein Kaugummistreifen. Dann schlang sie auch das hinunter – scheiß auf hundertmal kauen – und hielt es für das Klügste, den Rest des Tages zu verschlafen. Wer nicht wach ist, kann auch nichts essen.

Der Tag vor dem Fenster war so trüb, dass man nicht einmal die Gardinen zuzuziehen brauchte, typisches Herbstferienwetter. Oksana schnappte sich Milka, die Katze, und kletterte in ihr Hochbett. Ein 140 Zentimeter breites, 180 Zentimeter langes und zwei Meter hohes Gestell aus Kiefernholz, das ihr Vater eigenhändig für sie gezimmert hatte. Weil die Decken ihrer Chruschtschow-Ära-Wohnung so niedrig waren, konnte Lena zwar nicht aufrecht sitzen, wenn sie dort oben war. Aber sie kannte niemanden, der so ein Bett hatte – und auch keinen gemütlicheren Ort in ganz Krylatowo.

Sie rollte sich in die Daunendecke, zog Milka zu sich

und starrte auf die geometrischen Muster ihrer Bettwäsche. Ein bewährter Einschlaftrick. Aber diesmal, kaum hatten die Muster begonnen zu verschwimmen, entdeckte sie auf dem Kissen Lenas Haargummi mit einem Knäuel straßenköterblonder Haare, die nun »Russian blond« auf ihrer Sedcard hießen.

Lena musste das Haargummi in einer der tausend Nächte vergessen haben, die sie in diesem Bett verbracht hatte. Nächte unter einer Decke, aus denen sie in einem Knoten aus Beinen und Armen und verhedderten Haaren erwachten. Oft waren diverse Körperteile eingeschlafen, so dass man im Halbdunkel nicht sofort zuordnen konnte, welches zu wem gehörte.

Morgens hatten sie keine Eile, sich zu entknoten, flüsterten einander Träume ins Ohr oder betrachteten die Muster, die der Frost auf die schlecht isolierten Glasscheiben gemalt hatte: Rüschen von Hochzeitskleidern oder majestätische Schwänze von Albino-Pfauen. Manchmal tauten sie mit ihrem Atem ein Stück Fenster auf und guckten raus wie alte Omas.

Im Liegen verstanden sie sich am besten. Sobald sie aufstanden, wurde Lena wieder ruppig, angespannt, immer bereit für einen Hieb. Wie eine Stute, von der man ständig erwartet, dass sie mit den Hinterhufen ausschlägt. Lenas Wut war still, aber gefährlich. Sie tunkte die Zahnbürste ihrer Mutter in die Toilette, nachdem sie Hausarrest bekommen hatte, zerkratzte mit einem Schlüssel das Auto des Mathelehrers, der sie vor der ganzen Klasse einen Zahlen-Analphabeten genannt hatte. Zu Oksana war sie vor allen Dingen gemein, wenn andere Menschen es garantiert mitkriegten: Sie sagte laut auf dem Schulhof, dass Oksanas Jeans unvorteilhaft aussah, und wollte auch nie Händchen halten, obwohl so gut wie alle besten Freundinnen es taten.

Aber das Bett, das war ihr Ort. Wenn die eine traurig war, legte sich die andere auf sie und machte gurrende Geräusche zur Beruhigung.

Es ist einfach nicht gerecht, dachte Oksana: Lena ist gegangen. Und ich bin diejenige, die vor Heimweh stirbt, in ihrem eigenen Bett.

Irgendwann hörte Oksana Schritte im Flur, dann Pfannenklappern in der Küche – ihre Mutter war von der Frühschicht zurück. Sie klopfte an Oksanas Tür und drückte gleichzeitig die Türklinke hinunter – eine Angewohnheit, die Oksana in den Wahnsinn trieb: Warum überhaupt anklopfen, wenn man sowieso unaufgefordert reinkam?

Die Mutter stürmte das Zimmer mit einem vollgeladenen Teller und riss das Fenster auf.

»Ich schlafe«, sagte Oksana und kniff die Augen fest zusammen, einerseits, um ihren Worten Nachdruck zu verleihen, anderseits, um das Essen nicht angucken zu müssen. Aber der Geruch war so intensiv, dass sie auch mit geschlossenen Augen die Sirniki auf dem Teller sah: gebratene Quarkpuffer, außen buttrig-golden, innen weich, süß und weiß. Dazu ein dicker Klecks Schmand und Himbeermarmelade.

»Bist du faul oder krank?«, fragte die Mutter.

»Regelschmerzen«, sagte Oksana und drehte sich zur Wand.

»Schlimm?«

»Sehr.«

»Willst du eine Wärmflasche? Einen Tee? Eine dickere Decke?«

»Nur meine Ruhe.«

Oksana hielt Regelschmerzen für das sicherste aller Wehleiden, wenn man russischen Hausmitteln entgehen wollte. Diese, davon war sie überzeugt, waren keineswegs zum Heilen ausgedacht worden, sondern nur, um jegliches Simulieren zu unterbinden. Bei Husten bekam man Senfpflaster, bei Halsweh wurde man mit Otterfett eingerieben, bei umgehender Grippe musste man rohen Knoblauch essen. Gegen Regelschmerzen konnte man nichts machen, sie waren im Frausein inklusive, und das konnte man nicht heilen, sondern nur erdulden.

Tatsächlich verschonte die Mutter sie mit ihrer Hausapotheke, tätschelte ihr nur den Kopf, eilte aus dem Zimmer und zog leise die Tür hinter sich zu. Es war Nachrichtenzeit, und ihre Mutter wartete auf Neuigkeiten vom Präsidenten wie ein Teenager auf seinen Boyband-Schwarm. Die ganze Wohnung war übersät mit Bildern von ihm: Putin mit nacktem Oberkörper auf einem Pferd. Putin, der einen Lachs aus dem Wasser zieht. Putin, wieder oberkörperfrei, mit einem mächtigen Gewehr, den Finger am Abzug. Putin auf der Kaffeetasse. Putin auf der Seifenbox. Ein Kühlschrankmagnet mit Putin in Hawaiihemd, einen Schirmchencocktail in der Hand, darunter: »Urlaubsgrüße von der Krim«. Im Vergleich dazu gab es nur ein Porträt von Oksana in der Wohnung, von ihrem Vater keins. Und selbst auf dem Familienfoto war ein Putin-Poster im Hintergrund zu sehen, als gehörte Wladimir Wladimirowitsch zur Familie.

Sobald sie hörte, dass der Fernseher im Nebenzimmer lief, rollte sich Oksana wieder weg von der Wand – jetzt war sie in Sicherheit.

Die Sirniki hatte die Mutter am Bett abgestellt. Gierig

verschlang Oksana einen davon und hasste sich dafür. Dann aß sie aus Scham für ihre Disziplinlosigkeit noch einen. Und dann einen weiteren, weil das Leben so scheiße war, weil Lenas Gene sie aus Krylatowo katapultiert hatten, während die Schwerkraft ihres eigenen Körpers sie für immer in diesem Kaff erdete. Sie stopfte sich den vierten und den fünften Sirnik in den Mund, um ihr Heulen damit zu ersticken, zog Milka an sich und vergrub ihr Gesicht im Fell der Katze, bis es warm und feucht war, wie Waldmoos.

KAPITEL 2

LENA

MODELAPARTMENT

Immer wenn jemand sagte: »Soundso kann man nur lieben oder hassen«, war Lena sich sicher, dass sie diese Person hassen würde.

In dem Moment, da sie Rafik am Shanghaier Flughafen erblickte, wusste sie: Er war keine Ausnahme von der Regel. Er war ein bulliger Russe in einem glänzenden Anzug und mit so viel Spray im Haar, dass die einzelnen Strähnen zerbrechlich wirkten wie Glas. Lena hatte gehört, dass Rafik zehn Jahre zuvor selbst als Model nach China gekommen war, damals hatten Muskelprotze noch Konjunktur. Als die dünnen, knabenhaften Typen in Mode kamen, sattelte er um und wurde Modelagent.

Als er sie zur Begrüßung umarmte, presste Rafik Lena so fest an seinen Bauch, dass sie sich fast in die Hosen machte. Sie war seit über acht Stunden nicht auf dem Klo gewesen, aus Angst, alles in letzter Minute zu vermasseln. Sie war nur einmal in ihrem Leben geflogen, als Baby, und wollte auf keinen Fall riskieren, einen falschen Knopf auf der Flugzeugtoilette zu drücken. Sie hatte Angst, einen Alarm auszulösen, so dass die Stewardessen sich womöglich genötigt sähen, sie zurück nach Russland zu schicken. Nach der Landung beeilte sie sich, die Visakontrolle und den Zoll hinter sich zu lassen. Doch bevor sie eine Toilette erspähte, stand da schon dieser stiernackige Mann, ein kariertes Blatt mit ihrem Namen zwischen seinen Fingern.

»Du musst richtig fertig vom Flug sein«, sagte Rafik auf Russisch, legte ihr einen Arm um die Schulter und nahm ihre Tasche. Lena fand seine Art halb väterlich, halb lustmolchig. Keine gute Kombination.

»Ist dir übel vom Flug, oder bist du immer so weiß?«

»Immer«, sagte Lena.

»Sehr gut. Da stehen die Gelben drauf.«

Rafik führte sie zum Parkplatz, vorbei an den Toiletten, Lena traute sich nicht, etwas zu sagen. Vor einem Auto, das ihr sehr teuer und sehr ausländisch vorkam, befahl er ihr, sich bis auf Top und Leggings auszuziehen, und griff nach einem Maßband auf der Rückbank.

»Oberweite?«, fragte Rafik.

»84«, sagte Lena.

»82«, korrigierte er. »Hüften?«

»88.«

»Korrekt.«

Als Lena ihr Shirt hochzog, damit er ihre Taille vermessen konnte, schnippte er gegen ihren aufgeblähten Bauch: »Schwanger, oder hast du eine Wassermelone verschluckt?«

»Ich muss nur dringend aufs Klo.«

»Dann messen wir das später. Dürr genug bist du ja. Mund auf.«

Mit einer Hand presste er Lenas Wangen zusammen. Mit der anderen schob er zuerst die Oberlippe hoch und zog dann die Unterlippe nach unten, so dass Lena sich wie beim Zahnarzt fühlte oder auch wie ein Pferd, das gerade versteigert wurde.

»Hm«, machte er. »Hm.« Dann steckte er einen Fingernagel zwischen Lenas Schneidezähne. »Gibt's keine Kieferorthopäden da, wo du herkommst?«

Lenas Herz setzte für eine Sekunde aus: War jetzt alles vorbei, nach nur wenigen Minuten?

»Aber wird schon gehen«, brummte Rafik. »Vielleicht kann man das unter Individualität verbuchen. Schuhgröße?«

»39.«

»Chronische Krankheiten?«

»Nein.«

»Sichtbare Narben?«

»Nein.«

»Jungfrau?«

»Wie bitte?«

»Ob du schon einmal mit einem Mann geschlafen hast?«

Lena kam es kindisch vor, die Wahrheit zu sagen – nein, noch nie –, irgendwie unprofessionell. Kurz überlegte sie zu lügen, aber was wäre, wenn sie auch das überprüften? Sie sagte: »Das geht dich nichts an.«

»Mich geht alles etwas an«, sagte Rafik, und sein väterliches Lächeln hing für einen Moment schief in seinem Gesicht. »Deine Regel, deine Verdauung, die Farbe deines Urins, dein Sexleben.« Er sah ihr ein paar Sekunden länger als nötig in die Augen, wie um ein Ausrufezeichen hinter seinen Satz zu machen. Schließlich öffnete er die Hintertür des Autos. Erleichtert ließ Lena sich auf die Rückbank fallen: Sie war keines der Mädchen, das ins nächste Flugzeug zurück gesetzt wurde, weil die russische Agentur zu optimistisch Maß genommen hatte.

Sie hatte es geschafft.

»Kann ich aufs Klo, bevor wir losfahren?«, fragte sie.

»Gleich«, sagte Rafik und drückte aufs Gaspedal. »Gleich.«

Russian Dolls, ihre Modelagentur in Sankt Petersburg, hatte Lena für drei Monate an Rafik vermittelt, wobei sie fand, dass »vermietet« es besser traf. Marina, ihre Betreuerin bei *Russian Dolls,* hatte Lena vor der Abreise erklärt, dass Rafik die nächsten drei Monate ihr Agent in Shanghai sein werde: ihr Bodyguard, ihr Fahrer, ihr Aufpasser. Er werde ihr Aufträge besorgen, das Geld bei den Kunden eintreiben und dafür vierzig Prozent ihres Honorars kassieren.

»Das hört sich an wie ein Pimp«, sagte Lena.

»Ist er im Prinzip auch, eine Art Pimp für Models«, sagte Marina. »Er hat was drauf, ist aber ein spezieller Typ. Viele meiner Mädchen sind verrückt nach ihm.«

»Und die anderen?«

»Die arbeiten nicht mehr in Shanghai.«

Wie soll man mit seinem Pimp umgehen, dachte Lena, als Rafik das Auto auf die Schnellstraße lenkte: demütig, aber tough? Dankbar, aber nicht zu naiv? Um sich von ihrer vollen Blase abzulenken, starrte sie auf die vorüberziehende Landschaft. Im Halbdunkel schien es ihr, als wäre sie um die Erdkugel geflogen und wieder zu Hause angekommen. Dieselben Platten, dieselben dürren Hunde, derselbe Abgasgeruch in der Luft. Nur dass ihr die Leuchtbuchstaben auf den Fassaden völlig fremd waren.

Sie ließen endlose Plattenbaureihen hinter sich –

graue Bienenwaben voll geschäftiger Menschen, die für Lena alle ähnlich aussahen. Keine erleuchteten Wolkenkratzer, keine Sci-Fi-Gebäude. Anderseits: In Krylatowo käme auch niemand auf die Idee, dass die Ermitage nur ein Dutzend Kilometer weiter stand. Wahrscheinlich sahen Vororte überall auf der Welt gleich aus.

Und selbst wenn Shanghai ein Loch wäre – was am meisten zählte: Sie war weg. Weg von ihrer dementen Uroma Baba Polja, mit der sie sich ein Zimmer teilte, weg von deren Windeln, weg von dem Schlafsessel, den sie jede Nacht zum Bett ausklappen musste, weg von dem Sportplatz mit den Alkoholikern, weg von den pickligen Idioten in der Schule. Weg, weg, weg.

»Können wir kurz bei einer Toilette anhalten?«, fragte Lena. Rafik nickte und holte gleich wieder zu einem Belehrungsmonolog aus.

»… und keine Sonne, hörst du? Die Sonne ist dein Feind, als Frau und als Model insbesondere. Die Gelben stehen auf blasse Haut, deswegen bist du hier. Diesen Sommer hatten wir eine, die hat sich auf dem Balkon gesonnt. Die musste sich dann mit Bleichcremes einschmieren, von denen sie Akne bekam. War völlig unbrauchbar für die Arbeit. Wir hatten keine andere Wahl, als sie zurück in ihr Dorf zu schicken. Ihr habt alle einen Vertrag unterschrieben, in dem steht … «

Was in dem Vertrag stand, war Lena Hunderte Male in Sankt Petersburg erklärt worden. Wer braun, fett oder schwanger wurde – flog raus. Man durfte sich die Haare weder schneiden noch färben, Zigaretten oder Drogen waren tabu. Auch die Pille war verboten, davon bekam man dicke Titten. Kerle ebenso, von ihnen bekam man dicke Bäuche.

»Ich muss wirklich dringend«, sagte Lena. Sie hatte das Gefühl, dass jemand sie alle paar Sekunden von innen boxte. Sie fragte sich, ob Wehen sich wohl so anfühlten.

»Wir sind gleich da.«

Das Auto kam vor einem Plattenbau zum Stehen, eine alte Frau mit Mundschutz verkaufte stinkendes Essen auf dem Gehweg. Rafik hörte nicht auf zu reden, nicht einmal, als sie die Treppen hinaufstiegen.

»… also, so ein bisschen Durchfall ist normal. Für euch sogar gut, um all das frittierte Zeug, das es hier gibt, auszugleichen. Aber sobald du was Auffälliges feststellst, zum Beispiel seltsamen Ausfluss oder Ausschlag an ungewöhnlichen Stellen, sag Bescheid, ich guck's mir an.«

Als er die Tür zum sogenannten Modelapartment aufschloss und ein lautes »Hallo, meine Kälbchen!« brüllte, sickerten aus allen Wohnungsecken Mädchen in den Flur. Lena zählte drei Zimmer und sieben Mädchen. Ein paar von ihnen hingen sofort an Rafik und lachten wiehernd über alles, was er von sich gab.

Lena fiel eine Klinke ins Auge, an der ein Pappschild mit der Aufschrift »free« baumelte. Das musste die Toilette sein. Doch Rafik hatte seinen Arm um ihre Taille gelegt, und sie wagte nicht, sich aus seinem Griff herauszuwinden. Mit den anderen Models sprach er auf Englisch und nicht mehr auf Russisch, wie mit ihr. Lena konnte kaum glauben, dass sie so gut wie alles verstand. Sie und Oksana gingen zwar seit der ersten Klasse in eine bilinguale Klasse, aber sie war überrascht, dass man sich mit dem Englisch, das sie dort lernten, tatsächlich verständigen konnte. Bis jetzt hatte sie angenommen, dass der Englischunterricht genauso eine Beschäftigungsmaßnahme war wie all die anderen Fächer, mit dem einzigen Zweck, die Schüler davon abzuhalten, schon tagsüber auf der Straße zu lungern.

Als Rafik sie vorstellte, kam nur ein lauwarmes Gruppenhallo, aber Lena hatte auch nichts anderes erwartet: Sollten sich die anderen etwa darüber freuen, das Bad mit einer weiteren zu teilen?

Zum Abschied küsste Rafik jedes Mädchen auf die Stirn. »Fang und Xiu, ihr fahrt morgen mit Min. Alima wird um 5 Uhr 30 zum Shooting abgeholt. Gabriela, Ljudmila, Katarzyna, Amanda, Lena, ihr fahrt morgen bei mir mit. Abfahrt 6 Uhr 30, zuerst Seife, dann Jeans, dann Anti-Haarspliss, und dann was Großes: das Cover der chinesischen *Numéro*. Später gibt es noch ein Casting für Unterwäsche. Lena und Amanda, ihr müsst da nicht hin. Keine Titten – keine Unterwäschewerbung. Lena, das ist übrigens Ljudmila, sie zeigt dir, wo alles ist. Also, schlaft gut, meine Kälbchen.«

Sobald Rafik die Wohnung verlassen hatte, sprintete Lena zum Klo, aber eine Asiatin war schneller.

»Wer hier pinkeln will, darf nicht trödeln«, sagte Ljudmila auf Russisch mit ukrainischem Singsang. »Ich musste auch schon ein paar Mal in den Hof gehen.«

»Kannst du mir zeigen, wohin genau?«

»Hast dich wohl nicht getraut, im Flugzeug aufs Klo zu gehen? Bist nicht die Erste. Letztes Jahr hatten wir eine, die so lange nicht pinkeln war, dass man ihr im Krankenhaus einen Katheter ... «

»Kannst du's mir zeigen, schnell?«

Das Spielplatzhäuschen im Hinterhof roch, als sei seine Verwendung als Klo eher die Regel als die Ausnahme. Ljudmila steckte sich eine streng verbotene Zigarette an, während Lena ihre Leggings runterzog und sich hinhockte. Im ersten Moment passierte nichts, als hätte sie das Pinkeln verlernt. Ein Schmerz durchfuhr sie in einer Gegend, in der sie noch nie Schmerzen hatte. Dann floss es so stark aus ihr heraus, dass es ihre Turnschuhe und Waden vollspritzte, aber das war egal.

»Du musst aufpassen. Rafik spürt sofort, wenn man ihn nicht leiden kann«, sagte Ljudmila auf dem Weg zurück in die Wohnung.

»Wie kommst du jetzt darauf?«

»Er hat dich ja offensichtlich nicht aufs Klo gelassen.«

»Mit Absicht?«

»Ab heute ist er der Gott, der bestimmt, wann du isst, wann du pisst, wann du schlafen gehst, ob du dein Taschengeld pünktlich bekommst. Man sollte sich gut mit ihm stellen.«

»Ist er ein Perversling?«

»Geht schlimmer. Er hat nur diese Obsession mit unserer Gesundheit. Führt alle Vorsorgeuntersuchungen persönlich durch. Vor allem die Brustkrebsvorsorge.«

Lena lachte, zum ersten Mal an diesem Tag. Ljudmila schien in Ordnung zu sein. Sie kam aus einem ukrainischen Dorf und wohnte in Shanghai, seit sie fünfzehn war.

Vor dem Hauseingang steckte Ljudmila die Zigarette in eine abgeschnittene Coladose, in der bereits Dutzende Kippen schwammen. Die Wohnung kam Lena noch kleiner vor als auf den ersten Blick. Sie war randvoll zugestellt und erinnerte an das Lager eines Fundbüros: Alle Oberflächen waren bedeckt mit Koffern, Klamotten, Taschen, Schuhen. Im Bad hingen nasse Unterhosen. Es roch nach Shampoo und Haarschaum, nach gärendem Müll und nach Instant-Ramen. Das Zimmer, das sie mit Ljudmila und einem weiteren Mädchen teilte, hatte höchstens zehn Quadratmeter, auf denen sich ein Doppelstockbett, ein Feldbett und ein paar Regale quetschten.

In dem Apartment schienen nur zwei Sorten Mädchen zu leben: vier dünne, kränkliche Helle und drei hochgewachsene Chinesinnen mit europäischen Gesichtszügen. Zu Lenas Erleichterung war keine überirdisch schön, und ein paar waren sogar jünger als sie selbst. Alle waren schlaksig und irgendwie durchsichtig. Keine Miss Universum, eher unterernährte Basketball-Jugendliga.

In der Küche goss Ljudmila Schwarztee in Plastiktassen und klärte Lena über die übrigen Mitbewohner auf: eine Polin, zwei blonde Brasilianerinnen aus dem deutschstämmigen Süden des Landes und zwei chinesische Zwillingsschwestern, die wenig sprachen, Schweinefüße in der Küche kochten und Gerüchten zufolge der Affäre einer chinesischen Prostituierten und eines holländischen Sextouristen entsprangen.

Die dritte Chinesin war eigentlich eine Burjatin vom Baikalsee, einer mongolischstämmigen Minderheit in Russland. Die Chinesinnen und die Burjatin teilten sich ein Zimmer und hatten am meisten Arbeit. China war gerade verrückt nach dem sogenannten Asia-Mix: Frauen mit dunklen Augen, dicken schwarzen Haaren und westlichen Gesichtszügen. Deswegen funktionierten die zentralasiatischen Minderheiten aus Russland, die sich mit Slawen durchmischten, hervorragend auf dem chinesischen Modelmarkt: Burjaten, Kasachen, Kirgisen, Usbeken.

Die Polin und eine der Brasilianerinnen teilten sich ein weiteres Zimmer. Die zweite Brasilianerin wohnte bei Lena und Ljudmila. Als die beiden aus der Küche kamen, saß sie weinend auf ihrem Bett. Sie gab Lena kurz ihre nasse Hand, sagte, »Hello, I'm Gabriela«, und weinte weiter, ohne großes Crescendo, leise und ergeben, wie es alte Menschen tun.

»Seit sie da ist, weint sie jeden Abend«, sagte Ljudmila schulterzuckend. »Heimweh. Dreizehnjährige hierherzuholen ist echt für'n Arsch.«

»Darf ich jetzt duschen?«, fragte Lena.

»Unser Zimmer hat die letzte Badschicht, 22 Uhr 45. Und die erste morgen früh, um Viertel nach fünf.«

»Wieso? Wenn wir abends als Letzte duschen, sollten wir doch auch die letzte Morgenschicht haben, oder?«

»So funktioniert es hier aber nicht. Wir sind das Loserzimmer«, sagte Ljudmila.

»Weil wir Anfänger sind?«

»Weil ihr beide Anfänger seid. Und ich nahe dem Verfallsdatum.«

»Wie alt bist du denn?«

»Fünfundzwanzig.«

Ljudmila tat Lena leid. Sie sah eigentlich gar nicht so alt aus, mit ihren flachsblonden Locken und ihrer zarten Haut, die so hell war, dass man die Äderchen an den Schläfen durchschimmern sah. Gleichzeitig fand Lena, dass es generell gute Nachrichten waren. Es hieß, dass sie noch mindestens acht, neun Jahre arbeiten konnte. In dieser Zeit ließ sich viel erreichen. Sie hatte von Mädchen gehört, die sich während ihres ersten Jahres einen Laptop kauften und eine Menge gut gefälschter Designerklamotten.

Im Bad zogen sich Ljudmila und Gabriela so selbstverständlich aus, als seien sie allein. Lena versuchte, ähnlich unverklemmt zu wirken. Aber sie hatte noch nie eine Frau ihres Alters nackt gesehen, außer Oksana – und auch sie nur halbnackt, im Dunkeln. Der Sportunterricht fiel seit Jahren aus, weil die Schulturnhalle nicht beheizt wurde, und andere Umkleidekabinen hatte Lena bisher nicht zu Gesicht bekommen.

Als Ljudmila in die Dusche stieg, beobachtete Lena sie so unauffällig wie möglich aus den Augenwinkeln. Unter dem Licht der Neonröhre sah sie die blauen Venen, die Ljudmilas Beine wie Flüsse auf einer Karte durchzogen, die Orangenhaut auf ihren Oberschenkeln. Lena wusste nicht, dass man so dünn sein und trotzdem Cellulitis haben konnte. Sie fand es dennoch schön, wie das Wasser in kleinen Bächen an Ljudmilas Körper herabrann und einen Wasserfall dort bildete, wo ihre Haare den Rücken berührten.

Gabriela, die sich in der Zwischenzeit ein wenig beruhigt hatte, brach unter der Dusche abermals in Tränen aus, als löste sich ihre Beherrschung unter dem warmen Wasserstrahl in nichts auf. Kurz nach 23 Uhr waren die Lichter in allen Zimmern gelöscht, und Lena musste schmunzeln: Ihre Eltern hatten gedacht, sie komme nach Sodom und Gomorrha, dabei herrschten hier Sitten wie in einem Pionierlager.

Vor dem Schlafengehen borgte sie sich Ljudmilas Laptop, um eine Nachricht an ihre Mutter zu schreiben: »Bin angekommen. Alles gut. Niemand grapscht mich an.« Oksanas E-Mails öffnete sie nicht. Sie wollte ihr Zuhause auf Abstand halten. Sie wollte nicht, dass Krylatowo seine Tentakel bis hierher ausstreckte, sie von den morgigen Castings ablenkte, von ihrem neuen Leben.

Aber im Bett, unter der Decke, kamen die Gedanken an Oksana doch hoch. Lena stellte sich vor, wie sie neben ihr im Hochbett lag und von ihrem Tag erzählte: von Rafiks schickem Auto, von dem unglaublichen Flugzeugessen, das auf einem Tablett mit kleinen Abteilungen serviert wurde, und von ihrer Entdeckung, dass ihr Schulenglisch tatsächlich funktionierte. Lena war nie zuvor im Ausland gewesen und Oksana nur zwei Mal in Weißrussland, was nicht zählte. Als sie klein waren, hatten sich Lena und Oksana für den »Klub der kleinen Kosmonauten« eingeschrieben, weil sie damals überzeugt davon waren, sie hätten bessere Chancen, in den Kosmos zu fliegen als ins Ausland.

Sie würde Oksana erzählen, dass sie mit wunderschönen, lustigen Mädchen zusammenwohnte, die alle nett zu ihr waren. Dass der Zollbeamte sie »young lady« genannt hatte und dass man sie am Flughafen gefragt hatte, ob sie ein Model sei. Oksana wäre neidisch, weil ihre guten Noten und ihr gutes Benehmen ihr nichts von alledem bescherten.

Lena würde sich in ihrer Bewunderung sonnen. Und dann lägen sie still nebeneinander, Haut an Haut, Atem an Atem.

Lena hatte gehofft, dass diese Vorstellung sie beruhigen und einschläfern würde, stattdessen spürte sie Traurigkeit in sich aufsteigen. Als die Uhr Mitternacht schlug, lag sie immer noch wach da. Der Atem der anderen Mädchen im Zimmer war regelmäßig, die Wohnung still. Lena stand auf, ging auf Zehenspitzen zu ihrem Koffer und zog ein langärmliges Männerhemd daraus hervor. Es hatte ursprünglich Oksanas Vater gehört, aber Oksana schlief darin seit Jahren. Lena hatte es kurz vor der Abfahrt aus ihrem Schrank geklaut, auch wenn Oksana es ihr sicher gern gegeben hätte.

Das Hemd war frisch gewaschen und roch nach dem zitronigen Waschpulver der Familie Marininy. Lena schlüpfte hinein, tippelte zurück ins Bett und umarmte sich selbst, ihre Arme über dem Oberkörper gekreuzt. Als sie im Halbdunkel an ihrem Körper hinunterschaute, hatte sie fast den Eindruck, es seien Oksanas Arme, die sie umarmten. Sie schloss die Augen, Erinnerungen ohne Bild und Ton fluteten ihren Kopf. Erinnerungen, die geräuschlos entstanden waren, wenn Oksanas Eltern das Licht löschten und damit das Ende des Tages ankündigten. Den Beginn ihrer Nacht.

KAPITEL 3

OKSANA

PAPPMACHÉ-BULETTEN

An dem Turnreck im Hof hing kopfüber ein totes Schwein, daneben hing Mammut aus der 11a und machte Klimmzüge. Der Alkoholiker Wolodja feuerte ihn an und zählte: »24! 25! 26!« Bei jedem dritten Klimmzug nahm Wolodja feierlich einen Schluck aus einer Flasche mit trüber Flüssigkeit.

Es war ein seltsames Trio, fand Oksana, die gerade auf dem Weg in die Bibliothek war. Nicht Wolodja – er gehörte seit Jahren zum Hofinventar. Und auch nicht das Schwein – die Iwanowy aus dem ersten Stock hatten es aufgehängt, um später die Schweineborsten mit einem Flammenwerfer abzusengen. Die Iwanowy hatten im Frühling Ferkel gekauft, was sie mit der Wirtschaftskrise im Land begründeten: Sie wollten ihre eigene Fleischversorgung sicherstellen und das, was übrig blieb, auf dem Markt verkaufen. Die Ferkel hausten in dem Verschlag neben ihrer Garage, wurden über den Sommer zu Schweinen und im Herbst zu Buletten.

Jedes Wochenende im Herbst hing ein totes Schwein an dem Reck, das in den Siebzigern in jedem Hof zur Ertüchtigung der sowjetischen Körper aufgebaut wurde. Manchmal schimpften die Rentner über die Zweckentfremdung des Sportgeräts, woraufhin die Iwanowy konterten, es sei trotz Schwein noch genug Platz am Reck. Was Sergej Mammontow, 1 Meter 89 lang, 80 Kilo schwer, gerade anschaulich bewies. Und das war das Seltsame: dass er hier war, an einem Samstagmittag. Oksana hatte ihn noch nie bei ihr im Hof gesehen. Er wohnte am anderen Ende von Krylatowo, zwanzig Fußminuten entfernt, und genau so ein Reck stand auch bei ihm im Hof.

Mammut war der Anführer der Gopniki in der Schule – einer Gruppe von Halbstarken, die meistens in Trainingshose und mit billigen Herrenschuhen aus Lederimitat herumliefen und ihre Sprache so deftig mit Schimpfwörtern und Gefängnisslang würzten, als hätten sie ihr halbes Leben im Bau gesessen. Dabei bestand ihre kriminelle Karriere hauptsächlich darin, Schüler unterer Klassen zu erpressen und an Bushaltestellen Leute anzupöbeln. Mammut war der Einzige, dem man nachsagte, dass er »echten Dreck« am Stecken habe – und ein echtes Tattoo. Sein Vater saß im Kresty-Gefängnis ein, in den »Kreuzen«, wie die größte Haftanstalt in Sankt Petersburg hieß. Den Lehrern galt Mammut als Faulpelz – dabei war er der energischste Faulenzer, den Oksana kannte: Mammut war immer auf der Straße, kannte alle Alkoholiker, war ständig auf Achse. Nur dass diese Achse meist abseits der Schule lag.

»Hi«, sagte Oksana. »Was machst du denn hier?«

»Ich hänge«, sagte Mammut und hielt mitten in einem Klimmzug inne, als Oksana näher kam.

»Und warum hier?«

»Ich bin ein freier Mensch. Ich hänge, wo ich will.«

»Genau«, sagte Wolodja. »In unserem Land herrscht Willensfreiheit!«

»Ist euer Reck auch besetzt?«, fragte Oksana und stellte sich kurz vor, dass Mammuts Nachbarn eine Kuh in der Garage hielten und sie zum Abflammen aufhängten, weswegen Mammut seine Körperertüchtigung dort nicht vollziehen konnte.

»Ich war einfach in der Nachbarschaft«, sagte Mammut und sprang vom Reck. Wieder auf dem Boden, wirkte er plötzlich verloren, schien nicht zu wissen, wohin mit seinen Augen und Armen, und fing schließlich an, gegen das Schwein zu boxen. Es kam in Schwung und pendelte hin und her. Es musste im Sterben die Zähne gebleckt haben, jedenfalls schien es, als lächelte es beim Schaukeln.

Trotz der Novemberkälte trug Mammut Sportshorts und ein T-Shirt. Oksana hatte ihn noch nie anders als in Trainingshose und Lederimitatjacke gesehen. Zum ersten Mal bemerkte sie, dass der Flaum auf seinen Armen und Beinen genauso rötlich war wie der auf seinem Kopf. Von weitem konnte man meinen, sein drahtiger Körper habe Rost angesetzt. Eine Salzspur getrockneten Schweißes umrandete seine Lippen.

»Hey«, sagte er zwischen zwei Schweinehieben. »Willst du ... vielleicht ...?« Aber anstatt den Satz zu beenden, holte er tief Luft und versetzte dem Schwein einen Fußtritt wie einem Boxsack. Dann fing er von vorn an, die Worte zwischen den Schlägen keuchend: »Willst du vielleicht ... Willst du vielleicht ... nächsten Samstag ...?«

»Was ist am Samstag?«, fragte Oksana.

Mammut sah kurz aus seinen popelgrünen Augen zu ihr herüber, starrte wieder auf das schwingende Schwein und sagte so schnell, wie man einen Zungenbrecher aufsagt: »Nichts. Ich wollte nur fragen, ob du mir deine Russischhausaufgaben zum Abschreiben geben kannst.«

»Seit wann machst du Hausaufgaben?«

»Komm schon«, sagte er, zog seine Nase hoch und rotzte auf den Boden. »Sei kein Arsch. Obwohl du natürlich ein Oberarsch bist. Der Hauptarsch der Schule.« Es hörte sich weniger überzeugend an als die Hänseleien auf dem Schulhof.

»Schwachkopf«, sagte Oksana.

»Ach, Jugend!«, rief Wolodja und prostete sich selbst zu. »Goldene Zeit!«

Ständig sagte man Oksana, dass die Jugend die glücklichste Zeit des Lebens sei. Aber das konnten nur Menschen behaupten, die vor langer Zeit jung gewesen waren und vergessen hatten, wie das war.

Oksana verließ den Hof ohne Verabschiedung. Mammuts Arschwitze taten weh. Noch nie hatte jemand Oksana als dick bezeichnet, aber immer wieder rühmten Männer ab vierzig und ab dem dritten Wodkashot ihre »weiblichen Formen« und versuchten, sie in ebendiese zu kneifen.

Sobald Oksana vor die fünfstöckigen Häuschen trat, hörte Krylatowo auf, gemütlich zu sein. Ihr Heimatort war eine Satellitensiedlung, wie sie um jede russische Metropole wucherte – nur drei Kilometer außerhalb der Stadtgrenze von Sankt Petersburg, aber Lichtjahre davon entfernt: sechstausend Einwohner, fünf Straßen, drei Geschäfte, eine Bushaltestelle. Von oben sah Krylatowo aus, als hätte ein Kind seinen Baukasten ausgeschüttet: Neubauten, grob und geometrisch wie aus Playmobil, dazwischen Garagenklötze, ein paar Lego-Platten aus der

Chruschtschow-Ära, alles durcheinander, ohne System und Plan. Auf den Straßen sah man unter der Woche nur junge Mütter mit Kinderwagen, Rentner und Säufer. Der Rest war bei der Arbeit in Sankt Petersburg und kam nur zum Schlafen und Fernsehgucken hierher.

In dem siechen Stadtpark streunte der obdachlose Hund herum, der aussah wie Putin (was Oksana natürlich niemals ihrer Mutter gegenüber erwähnen würde). Mit staatsmännischer Wichtigkeit pinkelte er die Parkbänke an. Oksana und Lena hatten ihn früher oft mit Wurstbroten gefüttert. Bei diesem Gedanken zog sich Oksanas Herz vor Sehnsucht zusammen. Sie hatte Lena seit zwei Wochen nicht gesehen – und genauso lange keine Wurst.

Oksana streichelte den Putin-Hund zwischen den Ohren, dann überquerte sie den Hauptplatz, an dessen Ende sich die Bushaltestelle und das »Zentrum für Kultur und Freizeit« befanden. Das Zentrum diente zu Sowjetzeiten der geistigen Ertüchtigung des Volkes, heute beheimatete es ein Zoogeschäft, die Kneipe »Auf Ex« und außerdem eine kleine Bibliothek.

Die Bibliothek zählte nur wenige Besucher und auch nicht viele Bücher. Lediglich die Abteilung zur Leningrader Belagerung war exzellent ausgestattet, denn in Krylatowo wohnten ein paar sehr resolute Überlebende, und das Blockademuseum in Sankt Petersburg hatte reichlich Material gespendet.

Es war der fünfzehnte Tag der Leningrad-Diät, und Oksanas Erfolge waren mäßig. Sie hatte ein halbes Kilo abgenommen und tatsächlich fast einen ganzen Tag mit nur 125 Gramm Brot durchgehalten, bis sie am Abend doch alles versaute, weil es »Nudeln nach Flotte-Art« gab – Spaghetti mit Dosenfleisch, ihr Lieblingsgericht.

Dem Diätplan zufolge durfte man nach zwei Wochen mit den Blockadegerichten anfangen, aber auch das machte die Sache nicht einfacher. Gestern hatte sie Tapetenkleistergelee mit Nelken und Lorbeerblatt gekocht, konnte sich aber nicht überwinden, auch nur einen Löffel davon zu kosten, allein der Geruch ließ sie würgen.

Am Morgen hatte sie ein anderes Rezept von *leningrad-diet.ru* ausprobiert: Pappmaché-Buletten. Es stammte von der Userin *Dystro(so)phie* und wurde von anderen Nutzern mit vier von fünf Sternen bewertet:

Zutaten:
Zwei Buchumschläge aus gepresstem Papier (Am besten ungefärbte Buchrücken aus der Zeit vor 1950 verwenden, spätere Ausgaben könnten giftige Druckerschwärze enthalten.), 50 Gramm Presskuchen (Das sind gepresste Abfälle aus der Ölproduktion; bekommt man bei Landwirten, die damit Kühe und Schweine füttern. Alternativ kann man Meerschweinchenfutter verwenden.)

Zubereitung:
Buchumschlag in kleine Teile schneiden und zwei bis drei Stunden lang in einem Topf einweichen. Danach auswringen, so dass eine breiige Masse übrig bleibt.
Presskuchen kleinreiben. (Aufgepasst, er ist steinhart, man rutscht oft ab und reibt sich die Finger blutig.) Das gewonnene »Mehl« mit dem Papierbrei vermischen.
Nun aus dem Papierhack ordentliche Buletten formen und in einer ungeölten Pfanne anbraten.
Nach Geschmack salzen.
Guten Appetit wünscht eure Sophie!!!

Puschkins *Eugen Onegin*, den Oksana zu Buletten verarbeitete, traf zwar Oksanas literarischen Geschmack, nicht aber ihren kulinarischen. Einen ganzen Vormittag hatte sie mit dem Kochen verbracht und musste das Ganze am Ende doch im Klo hinunterspülen.

In der Bibliothek wollte sie nach genießbareren Gerichten suchen. Bis jetzt hatte sie im Forum nur mitgelesen und nichts selbst gepostet. Ein neues Rezept könnte ihr erster Beitrag sein. Es konnte unmöglich sein, dass Hunderttausende Menschen die zweieinhalb Jahre der Blockade mit Pappmaché und Kuhfutter überlebt hatten. Außerdem könnte die Recherche nützlich für ihr Referat über die Leningrader Blockade sein, das sie in ein paar Wochen halten musste.

Oksana war keine Spitzenschülerin, eher oberes Mittelfeld, aber Recherchieren konnte sie gut. Der Geschichtslehrer Stanislaw Stanislawowitsch – von allen »Stanin« genannt – hatte einmal vor der ganzen Klasse ihr »Sitzfleisch« gelobt, was alle zum Kichern brachte und das Kompliment leicht vergiftete. Aber es stimmte: Oksana war gewissenhaft und geduldig, sie hielt sich gern in Bibliotheken auf und konnte sich nächtelang von einem Wikipedia-Hyperlink zum nächsten klicken.

Die verstaubte Bibliothekarin reichte Oksana ein paar verstaubte Bücher. Auf gut Glück schlug sie das erste auf. Von einem Foto starrte ihr ein ausgedörrter Mann mit krallenähnlichen Händen entgegen. Rasch schlug sie das Buch zu und nahm eins ohne Bilder zur Hand.

Am 22. Juni 1941 brach Hitler den deutsch-sowjetischen Nichtangriffspakt und schoss auf die Sowjetunion. Am 8. September 1941 wurde Leningrad von der deutschen Wehrmacht umzingelt. Der Landweg zur übrigen

Sowjetunion war damit abgeschnitten, die Stadt wurde zur Insel. Über zweieinhalb Millionen Menschen mussten in Leningrad bleiben, davon vierhunderttausend Kinder.

Am 9. September schlossen die Geschäfte. Brot bekam man nur noch gegen Lebensmittelkarten. Die Menschen tauschten auf dem Schwarzmarkt faulige Kartoffeln gegen Gold und Familienporzellan, Getreide gegen Pelzmäntel und Kameras. Sie aßen die Abfälle aus den Mülleimern und schimmelige Essensreste, die sie hinter den Schränken fanden. Sie gruben Löwenzahnwurzeln aus, kauten Baumknospen und gesalzenes Gras.

Der Winter setzte in jenem Jahr früh ein. Bereits im Oktober 1941 verschwanden die Pflanzen unter einer Schneedecke. Die Menschen machten sich daran, gefrorene Kohlstängel am Stadtrand auszugraben, und brieten sie in dem dicken schwarzen Fett, mit dem man sonst die Panzer ölte. Sie rissen die Eichenrinde von jahrhundertealten Bäumen, kauten darauf, um ihr Zahnfleischbluten zu stoppen. Sie aßen Vaseline, Glyzerin und Lippenstifte.

Die Künstler aßen das Leinöl, mit dem sie ihre Farben anmachten, und den Fischkleber für die Bildgrundierung. Die Vogelzüchter aßen erst das Futter ihrer Papageien auf, dann die Papageien selbst. Die Besitzerin des größten Modesalons der Stadt kochte ihren Nerzmantel. In den Forschungsinstituten wurden die Pawlow'schen Hunde und die Labormeerschweinchen verspeist. Die Menschen waren in einer prähistorischen Ära angekommen, in der Leben bedeutete: Essen suchen.

Im November 1941 hatten die Menschen alle Tauben, Krähen und die Enten im Parkteich verspeist. Haustiere wurden zu Nutztieren. Die Menschen brieten ihre Hunde und weinten dabei. Aber Hunde waren proteinhaltig. Besonders große Exemplare salzte und pökelte man für den Winter. Großfamilien kamen um den Suppentopf mit der Hauskatze zusammen. Die Katzen schmeckten am besten als Buletten oder als Eintopf. Als alle Katzen fort waren, gab es niemanden mehr, der die Ratten fraß. Die Nager fegten in Hunderterscharen über das zerbombte Sankt Petersburg und machten sich über die letzten Vorräte her, bis auch sie vor Hunger ausstarben.

Die Beschreibungen dessen, was die Menschen in ihrer Verzweiflung aßen, um zu überleben, berührten Oksana viel mehr als die abstrakten Sätze im Geschichtsunterricht. War es nicht ganz schön makaber, eine Diät aus einem historischen Kapitel zu machen, das so viele Menschenleben gekostet hatte? Anderseits: Die Menschen waren tot und wurden nicht wieder lebendig, Diät hin oder her. Sie, Oksana, war jedoch am Leben und könnte ausgeprägtere Wangenknochen oder eine Art Taille sehr gut gebrauchen. Im Angesicht der Weltgeschichte war ihr Gewicht vielleicht unbedeutend, in Hinblick auf ihre eigene Geschichte war es lebensbestimmend. Seit ein paar Wochen hatte Oksana begriffen, dass die Körpermasse nicht nur beeinflusste, in welche Klamotten man passte und mit wem man knutschte, sondern auch, wo man sein Leben verbrachte: als Elftklässlerin in Krylatowo oder als Model in Shanghai.

Oksana wollte gerade die Chroniken vom Dezember 1942 aufschlagen, da sagte die Bibliothekarin, dass sie in fünf Minuten schließen würden. Auf der Straße war es bereits dunkel. Es hatte geschneit, zum ersten Mal in diesem Jahr. Die raren Schneeflocken auf den dunklen Bürgersteigen sahen aus, als hätte die Erde Schuppenflechte.

Auf der Bank vor dem Haus der Familie Marininy saß Baba Polja – Lenas demente Urgroßmutter – und popelte Schmalz aus ihrem Ohr. An ihren Fingern hafteten immer noch Überreste des Nagellacks, den Lena und Oksana ihr vor Lenas Abflug aufgetragen hatten. Das machten sie manchmal, wenn sie sich langweilten, und Baba Polja hatte nichts dagegen.

Schminken war schwieriger: Baba Polja bestand immer darauf, ihr Spiegelbild zu sehen, erkannte sich selbst nicht und begann zu schreien – nicht wegen des Make-ups, sondern weil sie glaubte, dreißig Jahre alt zu sein, und nicht wusste, wer diese fast neunzigjährige, angemalte Frau war, die ihr aus dem Spiegel entgegenblickte. Sie hatte alle ihre Kinder überlebt und wohnte bei ihrem Enkel, Lenas Papa, seit Oksana denken konnte.

Baba Polja war Russischlehrerin in der Sowjetunion gewesen. Sie schien kaum mehr zu altern, wirkte bloß von Jahr zu Jahr ein bisschen kleiner und gegerbter. Manchmal hatte Oksana das Gefühl, dass Baba Polja länger leben würde als sie selbst, als sei die alte Dame eine Art Energiesparprogramm der Natur, wie eine Lederschildkröte oder ein Ginkgobaum. Die meiste Zeit dämmerte Baba Polja vor sich hin und wusste nicht so genau, wo und in welchem Jahr sie sich befand. Aber gelegentlich hatte sie ihre lichten Momente. Es kam sogar vor, dass sie euphorisch war, versaute Lieder sang, tanzte und dabei ihren langen Rock hob, so dass man ihre dünnen Beine sah, umschlungen von Venen, dick wie OP-Schläuche.

»Hallo, Baba Polja«, sagte Oksana.

»Guten Abend«, sagte Baba Polja höflich und inspizierte Oksanas Gesicht mit zusammengekniffenen Augen. »Sie erinnern mich an wen.«

Oksana war es gewohnt, dass sie Menschen an jemanden erinnerte, auch die nicht dementen. Sie hatte Züge, die in ihren Breitengraden häufig vorkamen: ein breites, einfaches Gesicht mit runden grauen Augen.

»Ich mache eine Diät«, sagte Oksana. Sie hatte plötzlich Lust, mit Baba Polja zu plaudern. Auch wenn Lena ihre Uroma zutiefst egal war – Baba Polja war ein Bindeglied zu ihr. Außerdem war sie eine exzellente Zuhörerin. Baba Polja verstand nicht viel davon, was man ihr erzählte, dafür langweilte sie sich auch nie und gab selten ihren Senf dazu.

»Gut«, sagte sie. »Gut. Sie erinnern mich an wen.«

»Es ist eine Diät wie zu Zeiten der Belagerung – man darf nur das essen, was es damals, während der Leningrader Blockade, gab. Aber es läuft nicht beson – «

»Sind Sie auch eine Blokadniza?«, schnitt Baba Polja ihr überraschend wach das Wort ab. »Meine halbe Familie ist während der Belagerung umgekommen – möge ihnen die Erde weich wie Daunenfedern sein. Ich selbst bin vor Hunger angeschwollen. Zwei Monate bin ich nicht aus dem Bett aufgestanden, weil meine Beine zu schwach waren ...«

»Was hast du während der Blockade gegessen?«, fragte Oksana. Eventuell war Baba Polja sogar hilfreich bei der Beschaffung von Blockaderezepten. Außer der Idee, ihre Katze Milka zu braten, war der Bibliotheksausflug nicht gerade ertragreich gewesen.

»Holzspäne haben wir gegessen. Und Moos aus dem Wald. Unsere eigenen Läuse haben wir – «

»Hm«, sagte Oksana. Das Gespräch ging in die falsche kulinarische Richtung. »Was war das Leckerste, was du während der Blockade gegessen hast?«

»Erdkaffee«, sagte Baba Polja verträumt.

»Wie?«

»Aus der Erde von den Baldajew-Lagerhallen, weißt du nicht, wo die sind?«

»Hm.«

»Na, im Süden der Stadt, an der Tschernigowstraße. Gleich am ersten Tag haben die Nazis Brandbomben auf die Lebensmittellager der Stadt geworfen, Tonnen von Essen gingen vor die Hunde. Die Luft roch tagelang nach verbranntem Fett. Und der Zucker ... Verbrannter Zucker ergoss sich wie heißer Karamell über das Viertel und verbuk sich mit dem Boden ...«

»Und dann habt ihr die Erde einfach gegessen?«

»Gegessen und auf dem Schwarzmarkt verkauft. Die obere Erdschicht brachte am meisten Geld, sie war süßlich, fast ölig. Man kaute sie wie Lakritze. Oder löste sie in Wasser zu einer zuckrigen braunen Flüssigkeit auf, die an Kaffee erinnerte. Die haben wir dann aufgekocht oder, wenn die Eltern nicht da waren, einfach so getrunken. Ich war fünfzehn, damals.«

»Und was für Rezepte gab es sonst noch?«

Baba Polja war verstummt und starrte in eine nur ihr bekannte Ferne. Oksana versuchte vergebens das Gespräch wiederzubeleben, trat eine Weile von einem Bein aufs andere, gab schließlich auf und ging ins Haus.

An der Wohnungstür klebte ein Zettel: »Das Essen ist auf dem Herd. Mach´s dir warm. Komme um neun. Sei kein Schwachkopf. Mama«.

Oksana riss den Zettel ab, stiefelte in die Küche, ohne Schuhe und Wintermantel auszuziehen, und aß das Gulasch aus der Pfanne, kalt. Sie fand generell, dass eine Mahlzeit unaufgewärmt und direkt vom-Herd-in-den-

Mund am besten schmeckte. Ihre Diät würde sie am nächsten Tag wieder aufnehmen, sobald sie ein paar bessere Rezepte aus Baba Polja herausgequetscht hatte.

An diesem Abend musste sie die ungewöhnliche Situation ausnutzen, dass beide Eltern nicht da waren. Meistens hing entweder ihre Mutter oder ihr Vater vor dem Fernseher. In letzter Zeit saßen sie dort nie mehr zu zweit. Sie kamen und gingen in Schichten wie Fabrikarbeiter, um einander nicht zu begegnen.

Oksana überlegte, was sie mit den drei Stunden Freiheit anfangen könnte, blätterte in einem Frauenmagazin ihrer Mutter, checkte ihre E-Mails – immer noch keine Nachricht von Lena – und beschloss, ein heißes Bad zu nehmen.

Das Baden war die höchste Form der Entspannung, die sie zu Hause finden konnte, auch wenn es weit entfernt war von einer Wellnesskur. Die Badewanne war vom schlechten Wasser korrodiert und hatte eine undefinierbare rotgelbe Farbe angenommen. Nasse Strumpfhosen trockneten auf dem Wannenrand, die monströsen Unterhosen ihrer Mutter tropften von der Wäscheleine obendrüber. Über den Wasserhahn war zu Filterzwecken eine rostige, mit Watte ausgestopfte Socke gestülpt, sie sah aus wie ein Krebsgeschwür. Das Wasser musste in einem Gasboiler erhitzt werden, der eine halbe Packung Streichhölzer fraß, bevor er anging. Oksanas Vater sagte immer, dass diese Gasboiler »der Kamin der armen Leute« waren, aber Oksana mochte es, den blauen Flammen beim Tänzeln zuzugucken.

Sie zog Wintermantel, Schal und Stiefel im Badezimmer aus, gab einen riesigen Schuss Duschgel in die Wanne und stieg hinein. Im warmen Wasser zu sein war das, was Lenas Berührung am nächsten kam. Seit sie fort war, hatte niemand Oksana angefasst, außer ihrer Mutter, die ihr ab und an flüchtig den Kopf tätschelte.

Dieser Hunger nach Körperkontakt setzte Oksana mehr zu als das halbherzige Fasten. Lenas Abwesenheit kam ihr vor wie ein Hungern der Haut, der Hände, der Nase. Manchmal, wenn sie nach Sankt Petersburg fuhr und der Bus eine scharfe Kurve nahm, lehnte sie sich mit Absicht zu stark gegen benachbarte Fahrgäste, nur um einen anderen Körper an ihrem zu spüren.

Oksanas Füße, kalt vom Spaziergang, tauten allmählich im Badewasser auf und fingen an zu kribbeln. Die weiße Schaumdecke legte sich über das Rostwasser und die Schäbigkeit der Wanne. Oksana fühlte sich satt und schlummerig – wie in der warmen Bettkuhle, die Lenas und ihr Körper vor dem Einschlafen formten. Oksana erlaubte sich, Erinnerungen auszupacken, die sie für spezielle Gelegenheiten aufsparte, wie ein teures Parfüm.

Lena und Oksana schliefen immer in einer komplizierten Choreographie ein: die Gesichter einander zugewandt, die Beine miteinander verflochten, wie eine Meerjungfrau mit zwei Oberkörpern. So gingen sie ins Bett, seit sie Kinder waren. Die anderen Nächte hatten vor einem halben Jahr begonnen. Sie folgten stets demselben Muster. Oksana und Lena schmiegten sich wie gewohnt zur siamesischen Meerjungfrau zusammen, sagten gute Nacht, aber die Augen fielen ihnen nicht gleich zu, wie früher. Im Gegenteil, Oksana fühlte sich wacher als den ganzen Tag über. Sie wartete, bis Lenas Atemzüge gleichmäßig wurden, und zwang ihren eigenen Atem dazu, denselben Rhythmus anzunehmen. Sie lauschte den Nachtgeräuschen der Wohnung: Lichtschalter wurden ausgeknipst, im Stockwerk darüber schlurften Nachbarsfüße über Dielenböden, das Schlafsofa ächzte unter dem Gewicht ihrer Mutter. Irgendwann kam zuverlässig der Moment, da Lenas Hand, wie im Schlaf, unter Oksanas Schlafshirt glitt.

Oksana konzentrierte ihre ganze Willensstärke darauf, ihren Atem nicht schneller gehen zu lassen. Lenas Hand begann an ihrer Haut entlangzuforschen, erst mit den Fingerkuppen, dann mit der ganzen Fläche. Oksana schmatzte mit den Lippen und breitete ihre Arme aus, in der Oscar-reifen Performance einer Schlafenden. Irgendwann ließ auch sie ihre Hand, schläfrig und wie willenlos, auf Lenas Bauch fallen. Da blieb sie zunächst wie zufällig liegen, bis sie sich Zentimeter um Zentimeter hochschlich, vorbei am Bauchnabel, vorbei an den Rippen, dorthin, wo Lenas Haut am zartesten war und die Nippel hervorstanden wie Bleistiftradiergummis.

Die Finger wurden von Nacht zu Nacht mutiger. Sie streiften über den Hintern, über die Innenseite der Schenkel, wagten sich vor bis zum Bund der Unterhose. Dort verlief die Grenze, die sie nicht übertraten. Die Finger verharrten kurz an dieser Stelle und kehrten wieder um.

Eines Nachts aber übertraten sie sie doch. Lenas Atem ging plötzlich schneller und dann wieder betont langsam, als befinde sie sich mit Oksana in einem Wettbewerb darum, wer am langsamsten atmen kann. Im Zimmer herrschte Schlafesstille, unterbrochen nur von einem scharfen Einatmen, hier und da.

Seither übertraten sie die Grenze regelmäßig.

Lenas Finger ergründeten Stellen, die Oksanas Körper und alles drum herum auf ein paar Quadratzentimeter reduzierten. Die ganze Welt, konzentriert in nur einem

Punkt, wie in der Murmel, die der Kater Orion in *Men in Black* um den Hals trägt. Oksana hielt ihre Augen fest geschlossen wie ein Kleinkind, das versucht, sich zu verstecken. Man war nicht da, wenn man nichts sah. Sie sehnte sich danach, Lenas grüne Augen im Dunkeln zu sehen, und fürchtete sich gleichzeitig davor. Sie sprachen nie über diese Nächte.

Es war zwei Monate her, da hatte Oksana fast den Mut dazu zusammengekratzt. Aber dann waren sie zum Schuhekaufen ins »Centr-Obuv« nach Sankt Petersburg gefahren. In der U-Bahn küssten sich zwei Frauen, zehn Jahre älter als sie, die eine mit rotgefärbten Haaren, die andere mit rasierten Schläfen. Die Menschen um sie herum starrten betont aufmerksam auf den Boden oder auf ihre Smartphones, eine ältere Frau verließ schnaufend das Abteil. Die Frauen küssten sich selbstvergessen, die Arme umeinandergeschlungen, die eine mit dem Rücken an die Haltestange in der Mitte des Wagens gelehnt, damit sie nicht umfallen würden, wenn die U-Bahn abbremste.

»Lesben!«, sagte Lena abfällig und machte diese Geste mit der Zunge zwischen Zeige- und Mittelfinger.

Oksana fühlte sich wie nach dem einzigen Mal, als ihre Mutter sie geohrfeigt hatte: zuerst leer im Kopf, dann heiß im Gesicht und wacklig auf den Beinen.

»Ja, ist ja abartig«, beeilte sie sich zu sagen.

KAPITEL 4

LENA

PYJAMAS

Die Halle erinnerte an ein Schlachthaus: Neonlicht, weißgekachelte Wände, Temperaturen um null Grad. Die Auftraggeber, drei Chinesen, saßen in Daunenjacken hinter einem Tisch und atmeten weiße Wölkchen aus. Im 30-Sekunden-Takt stakste ein neues Model in dünnen Nylonstrumpfhosen zu ihnen hin und blieb mit schlotternden Beinen stehen. Kurze wegwerfende Geste: die Nächste. Manchmal wurde eine aufgefordert, ihr Profil zu zeigen oder die Haare hochzuheben. Selten durfte ein Model ein Kleidungsstück anprobieren.

Lena fror seit über einer Stunde in der Warteschlange, umhüllt nur von einem Minikleid, das den Kunden eine möglichst freie Sicht auf ihre Kurven beziehungsweise deren Abwesenheit bieten sollte. Um sie herum standen ähnlich bekleidete Ukrainerinnen, Mexikanerinnen, Lettinnen, insgesamt etwa hundert Mädchen aus Ländern mit interessantem genetischen Hintergrund und schwierigen Zukunftsperspektiven. Kaum eine schien über siebzehn zu sein: In China war Babyface angesagt, puppenhafte Mädchen, die möglichst jung aussahen. Viele Gesichter erinnerten Lena an ihr eigenes: große Augen, kleine Nase, hohe Wangenknochen. Ljudmila hatte Lena einmal erklärt, dass China ein Modelkindergarten sei – ein Markt mit starker Nachfrage an mangaäugigen Mädchen und mit schwachen Jugendschutzgesetzen.

Lena trat von einem Fuß auf den anderen und versuchte, sich möglichst unauffällig warmzuklopfen, bevor sie an die Reihe kam. Bibbernde, blaulippige Models sahen scheiße aus, das hatte Lena in den letzten zwei Wochen gelernt, und außerdem durfte sie ihre Beine nicht kreuzen, egal, wie kalt es war. Rafik hatte ihr gesagt, es sehe aus, als müsste sie pinkeln.

Es war das achte Casting an diesem Tag, und Lena war sich nicht mehr sicher, ob für einen Pyjamakatalog oder für den Onlineshop einer Billigmarke aus Guangzhou. Langsam verschwammen alle Castings zu einem Einerlei aus apathischem Warten, das binnen weniger Sekunden vor dem Kunden in einer Absage gipfelte. Seit sie vor drei Wochen in Shanghai angekommen war, hatte Lena noch keinen Auftrag an Land ziehen können. Ljudmila sagte, am Anfang sei das normal. Trotzdem wachte Lena jeden Tag mit der Angst auf, dass man sie vor Ablauf ihres Dreimonatskontrakts nach Hause schickte.

Die E-Mail ihrer Eltern, in der sie sich erkundigten, ob sie schon Arbeit habe, hatte Lena seit einer Woche nicht beantwortet. Auch Oksanas Nachrichten ignorierte sie. Lena wollte ihr nicht schreiben, dass ihr glamouröses Modelleben hauptsächlich in einem stinkenden Minibus stattfand und in Warteschlangen, dass sie jeden Tag um 22 Uhr ins Bett ging, weil für etwas anderes das Geld und die Energie fehlten. Nur einmal war sie mit Ljudmila und Gabriela im Zentrum gewesen, um sich Wolkenkratzer anzugucken. Es hatte geregnet, und chinesische Jungs hatten ihnen hinterhergeschrien: »Taylor Swift! Taylor Swift«, obwohl keine von ihnen wie Taylor Swift aussah. Nach einer Stunde fuhren sie zurück – die Regeln besagten, dass sie nach Anbruch der Dunkelheit zurück sein mussten, wenn sie allein unterwegs waren.

»Pyjamas oder Onlineshop?«, flüsterte Lena zu Katarzyna, die vor ihr in der Schlange stand und als Nächste an der Reihe war. »Pyjamas«, zischte Katarzyna, arrangierte ihre Gesichtszüge zu einem strahlenden Lächeln, zog den Bauch ein und stakste los.

Als Lena dran war, beäugten die Chinesen sie schläfrig und drückten ihr dann eine bunte Baumwollhose in die Hand. Ein kleiner Triumph: Sie wurde nicht sofort ausgemustert. Lena streifte ihr Kleid ab und die Hose über, drehte sich, wie verlangt, ein paar Mal um die eigene Achse. Die Chinesen machten eine müde Handbewegung. Die Nächste, bitte.

Auf dem Weg nach Hause steckten sie in einem Stau fest, und es war fast 22 Uhr, als Rafik die Mädchen endlich vor dem Modelapartment ablieferte. Lena kletterte als Erste aus dem Minibus, aber Rafik hielt sie zurück. Als die anderen im Hauseingang verschwunden waren, landete seine schwere Pranke auf ihrer Schulter.

»Na, endlich frisst du mir nicht mehr umsonst die Haare vom Kopf«, sagte er und hauchte ihr seinen schweren Atem ins Gesicht. »Ich habe eine Nachricht bekommen. Morgen um halb acht wirst du abgeholt für den Pyjamakatalog.«

In dem Moment hätte Lena ihm vor Freude an den Hals springen mögen, unterdrückte ihren Jubelschrei jedoch rechtzeitig und rannte die Stufen nach oben. Sie traute sich nicht, ihren Erfolg zu verkünden. Was, wenn alles ein Missverständnis wäre? Oder die Chinesen sich kurzfristig anders entschieden? In der Küche kochten Gabriela, Katarzyna und Amanda Abendessen, das heißt, sie übergossen ihre Instantnudeln mit kochendem Wasser. Die Mädchen aßen kaum etwas anderes. Nicht weil sie auf ihr Gewicht aufpassen mussten – außer Ljudmila und Amanda hatten alle den schnellbrennenden Stoffwechsel heranwachsender Teenager. Aber sie bekamen nur 60 Dollar Taschengeld pro Woche, was hinten und vorne nicht reichte. Wer darüber hinaus Geld verdiente, schickte es nach Hause, wo Eltern, Geschwister und Großeltern darauf warteten. Der Kühlschrank der Wohnung war meistens leer, bis auf Tages- oder Nachtcremes.

Ljudmila war nicht beim Abendessen dabei – man sah sie selten bei den gemeinsamen Mahlzeiten. Stattdessen telefonierte sie im Treppenhaus mit irgendwem auf Ukrainisch – so schnell und säuselnd, dass Lena nicht einmal die Richtung des Gesprächs erahnen konnte. Drei bis vier Mal die Woche hing Ljudmila stundenlang am Telefon. Danach hatte sie oft gerötete Augen. Einmal hatte Lena gefragt, ob ihr Freund am anderen Ende der Leitung war, aber Ljudmila winkte ab, und Lena verstand, dass sie nicht weiter nachbohren sollte.

Als Ljudmila wieder ins Zimmer kam, schmiss sie sich aufs Bett und fing an, ihre Hände auszuschütteln. Sie war überzeugt davon, dass ihre Handknöchel faltig waren und ihr wahres Alter verrieten, wenn sie sich bei den Castings jünger schummelte. Früher war sie oft gebucht worden, wenn Mädchen skandinavischen Typs gesucht wurden: Mit ihrem leichten, ABBA-blonden Haar, das sie in der Sonne umgab wie ein Heiligenschein, konnte Ljudmila durchaus als Schwedin durchgehen. Echte Schwedinnen verirrten sich selten auf einen zweitklassigen Modelmarkt wie Shanghai.

Ljudmila war für ein Nachtshooting gebucht worden, sie hatte deshalb nicht an den Castings teilnehmen müssen, sondern den ganzen Tag im Bett verbracht.

In letzter Zeit hatte sie kaum Aufträge und gab ihren Händen die Schuld daran. Täglich weichte sie deshalb ihre Finger in Reiswasser ein und schlief nur mit Gummihandschuhen voller Retinol-Creme. Und seit sie gelesen hatte, dass Schütteln gegen Handfalten half, verbrachte sie jede freie Minute damit. Ihre Hände schwangen so schnell vor ihrem Körper wie zwei hyperventilierende Kolibris.

»Ich habe morgen ein Shooting. Für einen Pyjamakatalog«, sagte Lena so beiläufig wie möglich.

»Na, siehst du! Hab ich doch gesagt«, rief Ljudmila und küsste sie auf die Wange, ohne mit dem Schütteln aufzuhören. »Nimm auf jeden Fall dein eigenes Make-up und Schminkutensilien mit. Chinesische Maskenbildner waschen nie ihre Pinsel und Schwämmchen. Und du weißt ja, dass hier die billigste Kosmetik der Welt hergestellt wird.«

»Kannst du mir etwas leihen?«, fragte Lena. Ihre Eltern waren immer gegen Make-up gewesen. In Russland benutzte sie schwarzen Kugelschreiber als Kajal und chinesischen Billigpuder, der wahrscheinlich kaum von besserer Qualität war als die Produkte, vor denen Ljudmila sie warnte.

»Klar. Hab morgen eh keinen Auftrag.«

»Du bist die Beste!«

»Schlaf dich gut aus. Wahrscheinlich haben sie dich

für zwölf Stunden gebucht. Und die Chinesen sind so geizig, dass du jede Minute davon arbeiten wirst. Sogar deine Toilettenzeiten sind bis auf die Minute geregelt.«

»Glaubst du, es wird mich jemand angraben?«, fragte Lena.

»Ach, Quatsch, solange du nicht willst, tut dir niemand was«, sagte Ljudmila und betrachtete ihre Finger. »Aber es hilft, wenn du willst.«

Lena lachte und zweifelte in der nächsten Sekunde, ob es die angemessene Reaktion war. Aber bevor sie nachhaken konnte, fragte Ljudmila: »Findest du, die Falten sind schon besser geworden?« Damit war das Thema beendet.

Die Stunde vor dem Schlafengehen gehörte der Körperpflege: Aus den Zimmern surrten Föns, Epilierer und Zellulitis-Massagegeräte. Es wurde gezupft, gewachst, gepeelt, gebleicht, gelockt, geglättet, geschnitten, lackiert und eingecremt. Im Waschbecken wurden Unterhosen und Strümpfe gewaschen, in der Küche Entschlackungstees gebraut.

Lena hatte das Gefühl, in den zwei Wochen Shanghai mehr Nützliches gelernt zu haben als in zehn Jahren Schule. Katarzyna brachte ihr bei, dass Vaseline auf den Zähnen gegen Lippenstiftabdrücke half. Alima, dass man einen Pickel austrocknen konnte, indem man Augentropfen darauf träufelte. Von Amanda lernte sie, dass man die Haare nie am Tag des Shootings waschen sollte – dann waren sie zu weich und glatt, um sich frisieren zu lassen. Ljudmila schwor auf Schneckenschleim gegen müde Haut, den letzten Schrei der asiatischen Kosmetikindustrie. Er kam in hübschen, sehr teuren Döschen daher, aber angeblich konnte man auch gewöhnliche Gartenschnecken verwenden.

Als billigstes und effektivstes Schönheitsmittel galt der Schlaf, und der war heilig. Auch am Wochenende war die Wohnung nach 23 Uhr dunkel, und alle waren im Bett, außer den Mädchen, die Nachtshootings hatten. Nur am Esstisch brannte eine kleine Tischlampe: Katarzyna, die als Einzige nebenbei an einer Fernuniversität studierte, blieb oft noch in der Küche sitzen. Wegen der Zeitverschiebung zu Polen hatte sie spätnachts Onlinevorlesungen.

Am Tag des Pyjamashootings war Lena vor dem Wecker wach, obwohl es draußen stockdunkel war. Die Morgen im Modelapartment waren geprägt von Routine und Aufregung zugleich. Die meisten Mädchen fanden die Castings und die Shootings öde und jammerten, aber an jedem neuen Tag keimte die Hoffnung, dass etwas Großes passierte. Vielleicht würden sie heute von einer großen Marke gebucht, vielleicht entdeckte sie heute ein berühmter Fotograf, vielleicht würden sie das Gesicht einer Kampagne, die sie auf den europäischen Markt katapultierte – raus aus Shanghai und näher an den Weltruhm. Seit Lena in dem Modelapartment wohnte, war nichts von alledem eingetreten. Die Mädchen wurden weiterhin für Automessen angeheuert oder als Werbegesichter für Salben gegen Nesselsucht. Aber wie trist ihnen das Modelleben am Abend auch erschien, über Nacht regenerierte sich ihre Hoffnung ebenso schnell wie ihre jungen Körper.

Und an diesem Morgen war es Lena egal, dass sie Billigpyjamas bewerben würde und kein Chanel-Parfüm. Alles fühlte sich an wie ein Siegeszug: Sie musste sich nicht mit den anderen in Rafiks Minibus quetschen, sondern bekam einen eigenen Fahrer, der sie zum Shooting kutschierte. Außerdem drückte Rafik ihr ein brandneues Smartphone in die Hand. Obwohl Lena wusste, dass es von ihrer Gage abgezogen würde, freute sie sich darüber wie über ein Geburtstagsgeschenk. Wenn Oksana sie jetzt nur sehen könnte, dachte Lena und ärgerte sich sofort. Sie hatte sich fest vorgenommen, so wenig wie möglich an ihre Freundin zu denken. Ab und zu klappte es tatsächlich: In Shanghai kam ihr Oksana manchmal volle drei Stunden kein einziges Mal in den Sinn. Aber abends, wenn sie müde war, und kurz nach dem Aufwachen, wenn ihre Gedanken noch roh waren, nur halb geformt, war Oksana immer da.

Auch während der monotonen Fahrten und der Castingschlangen spulte Lenas Gehirn ungefragt Erinnerungen ab: Oksana, wie sie ein Eskimo-Eis isst. Oksana, die im städtischen Schwimmbad ihre Haare hin und her schwenkt, so dass sie im Wasser wabern wie Seeanemonen. Oksana, wie sie beim Hausaufgabenmachen ihre Stirn in Falten legt. Oksana und sie beim Rauchen von Besenstrohhalmen. Die Jungs aus der Parallelklasse hatten erzählt, dass es high mache, und tatsächlich wurde es ihnen leicht im Kopf, wenn auch nur deshalb, weil ihnen schlecht war und sie so viel kicherten. Für fünf Minuten schien alles möglich, und sie küssten sich, bei vollem Tageslicht. Lena war es, die das Ganze später als »Üben« abtat, obwohl sie, wenn sie ehrlich war, dieses Üben weit mehr mochte als die schmatzenden, nassen Küsse mit Pawel aus der 10b ein paar Monate später.

Lena war fest entschlossen, in Shanghai einen Kerl zu finden, mit dem es Spaß machte. Damit wäre ihre Experimentierphase – etwas völlig Normales in ihrem Alter, das hatte sie im Internet gelesen – endgültig vorbei. Dumm nur, dass sie in China kaum Männer zu sehen bekam.

Die Models nannten ihre Wohnung im Scherz oft »Frauenknast«. Laut Agenturregeln war Ausgehen für Minderjährige – also für alle außer Ljudmila und Alima – verboten. Nur einmal im Monat führte Rafik die Mädchen in einen Club aus. Dort mussten sie weder den Eintritt noch die Drinks bezahlen, denn die Clubbesitzer hielten weiße Models für einen Magneten, der zahlende männliche Kunden anzog. Lena war bisher kein Mal dabei gewesen und bekam folglich nur unappetitliche Männer wie Rafik und Min zu Gesicht.

Letzterer war an diesem Morgen ihr Fahrer – ein glatzköpfiger Chinese, der kaum Englisch sprach und nur einen Satz auf Russisch kannte: *»Ja tebja ljublju.«* Trotz Lenas Korrekturen sprach er es ständig aus wie *»ja tebja jebu«* – was »ich ficke dich« statt des beabsichtigten »ich liebe dich« bedeutete.

Sie fuhren lange durch verstopfte Straßen, passierten dreckige Hinterhöfe und hielten vor einer fensterlosen Halle. Sie war dem Gebäude, in dem die Castings stattfanden, nicht unähnlich. Min tippte auf die Ziffer neun auf seiner Armbanduhr – Lenas Abholzeit –, winkte und fuhr davon.

Eine dürre Frau nahm Lena in Empfang und brachte sie im Trab zum Fotoset. Die Maskenbildnerin rollte die Augen, als Lena ihr eigenes Make-up auspackte – niemand mochte Models, die auf einer Extrawurst bestanden. Aber letztendlich widersprach sie nicht: Immerhin würde sie ihre eigenen Produkte nicht aufwenden müssen.

Das Schminkprocedere dauerte nur zwanzig Minuten. Lenas Haare wurden so gnadenlos toupiert, dass ihr Tränen in die Augen schossen. Zum Schluss bekam sie eine Ladung Haarspray mitten ins Gesicht, vielleicht als Rache für ihre Sonderwünsche.

»Fertig«, sagte die Maskenbildnerin. Es war das einzige Wort, das sie an Lena richtete.

»Wo kann ich mich umziehen?«, fragte Lena auf Englisch.

»Da«, sagte die Maskenbildnerin und zeigte auf das Fotoset, wo der Fotograf und die Assistenten die Kameras und die Beleuchtung aufbauten.

»Umziehen. Nicht fotografieren. Umziehen«, sagte Lena.

»Da.« Die Maskenbildnerin deutete wieder in Richtung Fotoset.

Lena dankte höheren Mächten, dass sie an diesem Tag ihre beste Unterwäsche anhatte. Ein Assistent brachte ihr das erste Outfit – einen grünen Pyjama aus kratzigem Stoff und mit schlecht verarbeiteten Nähten. Lena wollte sich im Halbdunkel hinter den Equipmentboxen umziehen, aber der Fotograf, Steve, wies sie an, es direkt vor der Fotowand zu tun. So würden sie keine Zeit verlieren: Das Team würde die Beleuchtung einstellen, während sie die Outfits wechselte.

Lena konnte Steves Alter nicht genau bestimmen: vielleicht 35, vielleicht 55. Er war halb Amerikaner, halb Chinese, hatte aber nichts von dem Asia-Mix, der bei Alima und den chinesisch-holländischen Zwillingen einen gewissen Charme entfaltete. Das Blut der beiden Völker wollte sich in ihm nicht recht vermischen – es flockte. Er hatte drahtige, aber dünne Haare und einen kurzen, stämmigen Körper, dazu schmale Augen und einen amerikanisch-quadratischen Kiefer.

Steve trug eine Fellweste und eine stromlinienförmige Brille, die Lena an ein Speedboot erinnerte und wahrscheinlich genauso viel kostete. Lena fand ihn widerlich und glamourös zugleich. Er sprach das Englisch amerikanischer Actionfilme und goss sich ständig etwas Dampfendes, nach Alkohol Riechendes aus einer Thermoskanne nach: Auch dieses Gebäude war schweinekalt.

Im grellen Scheinwerferlicht zog Lena ihre Jeans aus, dann ihren Pullover, dann das T-Shirt und wünschte, es würde ihr weniger ausmachen. Schließlich war sie kein halbnacktes Mädchen, das vor einem halben Dutzend Männern fröstelte. Sie war ein Profi, umringt von Profis.

»Sag mal, schläfst du etwa im BH?«, rief Steve, als Lena sich umgezogen hatte.

Lena lächelte verkrampft, zog ihr Pyjamaoberteil wieder aus und dann den BH. Noch nie hatte ein Mann ihre Brüste gesehen, jetzt waren es gleich sechs Männer. Steve musterte ihre Oberweite kopfschüttelnd.

»Gott, bist du flach. Wer hat dich denn ausgesucht?«

Dann zwickte er sie in die Brustwarzen.

»Damit sie unter dem Pyjama hart aussehen«, sagte er. Danach wurde nicht mehr viel geredet. 150 Outfits mussten an einem Tag fotografiert werden: ein Pyjama alle fünf Minuten. Die Klamotten wurden direkt vor der Kamera gewechselt. Damit es schneller ging, zupften immer drei Menschen an Lena herum: Ein Assistent half beim Zuknöpfen, ein anderer befreite die Pyjamahose von Fusseln, die Maskenbildnerin sprayte die Haare fest oder puderte noch mal nach.

Vor der Kamera imitierte Lena die Posen, die sie aus

Modezeitschriften und von ihren Mitbewohnerinnen abgeguckt hatte: das vordere Bein strecken, dann die Beine kreuzen, Hände in die Hüfte, Hände in die Hosentaschen, Kinn heben, Mund auf, Mund zu, Blick zur Seite, Blick nach unten, Big Smile. Wenn ihr nicht sofort eine neue Pose einfiel, wurde Steve ungeduldig.

»Jetzt steh nicht herum wie ein verängstigtes Schaf«, sagte er dann, oder: »Mehr Leidenschaft! Sieh mich an, als würdest du mich wollen!«

Erst in der Mittagspause entspannte sich Steve ein wenig, was eventuell mit dem dezimierten Füllstand seiner Thermoskanne zusammenhing. Ein Assistent brachte Reis mit großen, frittierten Fleischstücken. Lena konnte nicht genau zuordnen, welches Tier da verarbeitet worden war oder welches Körperteil davon, und es war ihr im Grunde egal. Auch wenn alle Models sich ständig über das Essen beklagten, das die Agenten und Auftraggeber ihnen in der Mittagspause servierten: Lena mochte die chinesische Küche. Sie ähnelte der russischen weder in der Würze noch im Geschmack, dafür aber in der Bereitschaft, ein Tier restlos zu verspeisen. Wenn es bei Lena zu Hause Huhn gab, wurde noch der Knorpel vom Knochen abgenagt und das Knochenmark gezuzelt. Sie liebte angesengte Schweineohren und gekochte Kalbszunge, lang und dick wie ein Kinderunterarm. Baba Polja sagte immer, man muss ein Tier so verspeisen, dass nur Hörner und Hufe übrig bleiben. Die Chinesen gingen sogar weiter: Sie aßen auch die Schweinefüße.

Als Lena aufgegessen hatte, sah Steve anerkennend auf ihren leeren Teller.

»Nicht schlecht«, sagte er und schob ihr seine restlichen Fleischstücke hin. »Hier, nimm das.«

»Also, wenn du nicht willst ...«

»Darfst du zu Hause nichts essen?«

»Doch, doch«, sagte Lena. »Ich nehme nie zu. Aber wenn ich so viel essen würde, wie ich wollte, würde kein Geld der Welt ausreichen.«

»Hat man dir das Taschengeld gekürzt?«

Lena schüttelte den Kopf. Sie wusste, dass Agenturen Models mit Taschengeldkürzungen bestraften, zum Beispiel, wenn jemand einen Job ablehnte oder zunahm. Sie selbst war einfach sehr sparsam.

»Du bist neu, oder?«, fragte Steve.

»Ja. Erstes Shooting«, gab Lena zu, obwohl sie es eigentlich verschweigen wollte.

»Ich habe viele gesehen, die bei ihrem ersten Mal geheult haben. Sie haben erwartet, dass man sie behandelt wie Naomi Campbell. Du schlägst dich gut«, sagte er.

Und Lena war tatsächlich stolz. Darauf, dass sie sich nicht beklagt hatte. Darauf, dass niemand bemerkt hatte, wie peinlich ihr das Ganze war. Steve zeigte ihr ein paar Aufnahmen auf dem Display seiner Kamera. Auf den Fotos für den Katalog entdeckte Lena ein blasses, überschminktes Mädchen in grellem Polyester. Aber die Nahaufnahmen von ihrem Gesicht, die Steve zum Spaß gemacht hatte, waren richtig gut. So schön hatte sie sich noch nie gesehen – elfenhaft und weiblich zugleich. Steve war wirklich ein guter Fotograf – und der Einzige am Set, der sich Zeit genommen hatte, mit ihr zu sprechen.

»Schreib mir, wenn du ein paar Porträts für dein Portfolio haben willst. Schenke ich dir.« Er zückte seine Visitenkarte.

Bei der Übergabe berührten sich ihre Hände.

»Deine Haut ist eiskalt«, sagte er, umschloss ihre Hand

mit seinen Händen und blies warmen Atem in die Höhle, die er damit geformt hatte. »Ich versuche den Rest der Fotos so schnell wie möglich zu machen.«

Nach dem Mittagessen stellte sich bei Lena eine Abgestumpftheit ein, die förderlich für die Arbeit war. Sie hatte sich daran gewöhnt, ständig angefasst zu werden wie eine Türklinke. Es war ihr fast egal, dass sie alle fünf Minuten im Tanga vor der Kamera stand und dass Steve dabei gelegentlich auf den Auslöser drückte, was sicherlich nichts mit dem Pyjamashooting zu tun hatte. Lena hielt ihre Gleichgültigkeit für eine gute Sache: War es nicht ein Zeichen von Professionalität, wenn man sich auch mit den miesen Seiten seines Jobs arrangierte?

Das Posen vor der Kamera fühlte sich zunehmend an wie eine Routineübung im Sportunterricht. Die vielen Schichten aus Make-up und Puder erstarrten allmählich zu einer Maske. Lena wusste nicht, ob es draußen hell oder dunkel war, sie hatte längst aufgehört, die Pyjamas zu zählen, und war beinah überrascht, als Steve sagte: »Schluss für heute.« Während sie sich abschminkte, tippte er ihr auf die Schulter, um sich zu verabschieden.

»Du bist lustig«, meinte er, obwohl Lena sich nicht daran erinnern konnte, auch nur einen geistreichen Satz gesagt zu haben. »Vielleicht sieht man sich ja mal außerhalb der Arbeit.«

Auch wenn ihre Beine bleischwer waren, schwebte Lena aus dem Studio: Sie hatte es nicht versaut!

Min erwartete sie bereits auf dem Parkplatz: »*Ja tebja ljublju*«, sagte Lena und küsste ihn auf die Glatze. »*Ja tebja jebu!*«, antwortete er fröhlich.

Die Uhr zeigte 21 Uhr 05. Am Tag zuvor um diese Uhrzeit hatte sie noch heftig daran gezweifelt, ob es eine gute Entscheidung gewesen war, hierherzukommen. Nun war sie überzeugt: Ja, sie hatte die richtige Wahl getroffen.

Der Kunde zahlte 150 Dollar für das Shooting. Die Agentur würde davon saftige Prozente einbehalten, aber dennoch: 150 Dollar waren mehr als der Wochenlohn ihrer Mutter. Außerdem hatte sie die Visitenkarte eines echten (also gut, halb echten) Amerikaners in der Tasche. Der erste Amerikaner ihres Lebens war ein Missionar aus Iowa gewesen, der in ihrer Schule über Jesus gesprochen hatte. Lena und Oksana, damals Zweitklässlerinnen, hatten ihn um ein Autogramm gebeten, und er hatte ein kariertes Blatt unterschrieben, das sie aus einem Matheheft herausgerissen hatten. Später stritten sie lange darüber, wer das Autogramm behalten durfte: Oksana, der das Matheheft gehörte, oder Lena, die gefragt hatte.

Jetzt wollte ein echter (also gut, halb echter) Amerikaner sich mit ihr treffen.

Lena schüttelte sich bei der Erinnerung, wie Steve ihr auf die Nippel gestarrt hatte. Aber sie musste an Ljudmilas Worte denken. Nein, sie konnte sich nicht einreden, dass sie Steve wollte. Aber sie wollte, dass er sie wollte.

KAPITEL 5

OKSANA

LEDERSUPPE

Am Freitag nach der letzten Stunde überbrachte Sparschwein ihr einen zusammengefalteten Zettel.

»Sie haben Post«, sagte er im besten Briefzustellerton, versaute den offiziellen Auftritt aber, indem er die Nase hochzog und auf den matschigen Boden des Schulhofs rotzte.

Sparschwein war einer der Gopniki – ein blasser Schlägertyp, dürr und bullig zugleich. Den Spitznamen verdankte er einer langen vertikalen Narbe mitten auf seinem rasierten Schädel, die aussah wie ein Sparschweinschlitz. Wenn die anderen Gopniki ihn ärgern wollten oder sich im Unterricht langweilten, warfen sie Münzen gegen die Narbe. Sparschwein erzählte, sie stamme von einer Prügelei. Wahrscheinlicher war, dass sein Vater ihn im Suff gegen eine Tischkante geknallt hatte.

»He, aufmachen!«, sagte er, als Oksana den Zettel ungelesen in ihre Hosentasche steckte und in Richtung Bushaltestelle lief. Aber sie dachte nicht daran. Was sollte schon in einem Zettel stehen, der von einem Postboten wie Sparschwein überbracht wurde? Vielleicht ein dämlicher Witz auf ihre Kosten, vielleicht ein gekauter

Kaugummi. Von den Gopniki konnte man nichts Gutes erwarten.

Oksana beschloss, sich nicht die Laune versauen zu lassen. Heute war der erste gute Tag, seit Lena weg war, oder zumindest kein ganz schlechter.

Erstens hatte die Waage zum ersten Mal ein Kilo weniger angezeigt, obwohl sie gnadenlos bei der Diät schummelte. Und zweitens hatte der Geschichtslehrer Stanin ihr Referat über die Leningrader Blockade vor der gesamten Klasse gelobt. Nach der Stunde hatte er Oksana beiseite genommen und gefragt, ob sie Lust habe, ihre Jahresabschlussarbeit darüber zu schreiben. Natürlich hatte sie Lust! Ihre Nachmittage in der Bibliothek wären dann kein seltsames Hobby mehr, sondern Schularbeit. Außerdem hätte sie eine gute Erklärung für die Eltern, warum sie die Küche mit gekochten Sägespänen und essbarem Pappmaché vollstänkerte.

Im Bus nach Hause packte Oksana aber doch die Neugier: Wer verschickte im Jahr 2017 überhaupt noch Zettel, wenn es WhatsApp, Vkontakte, Facebook, Odnoklassniki, Weibo und Instagram gab, zur Not auch so etwas Prähistorisches wie SMS? Sie holte das zusammengefaltete Karoblatt hervor und betrachtete es. Es sah aus wie ein richtiger Briefbogen, säuberlich aus dem Matheheft getrennt, und als Adresse stand vorne drauf ihr voller Name: Oksana Marinina. In diesem Augenblick stieg Tanja, das größte Lästermaul der Klasse, in den Bus. Oksana schob den Zettel rasch in ihre Hosentasche zurück – und vergaß ihn dort.

Am nächsten Morgen wachte sie um 8 Uhr auf, obwohl es ein Samstag war, und ärgerte sich so sehr darüber, dass sie nicht wieder einschlafen konnte. Draußen war es noch stockfinster. Milka döste auf dem Haufen aus Jeans, Pullover und Strumpfhosen und machte keinerlei Anstalten, Oksana Gesellschaft im Bett zu leisten. Oksana presste die Augen zusammen und knautschte die Daunendecke vor ihrem Bauch zusammen, umschlang sie wie einen Menschen mit ihren Armen und vergrub ihr Gesicht darin. Aber es half nichts. Hunger machte sich in ihr breit und dann noch ein Gefühl, für das sie kein besseres Wort fand als »amputiert« – ein Phantomschmerz in einem Körperteil, der gar nicht mehr da war.

Samstagmorgens empfand sie es am stärksten. Weil Lenas Eltern beide freitags Nachtschichten schoben, hatte Lena dann immer bei Oksana übernachtet. Samstage, das waren ihre Tage. Drei Stunden unter der Bettdecke, wenn sie Glück hatten vier, die Glieder noch schwer vom Schlaf. Die Restträume verflochten sich mit der Realität und ihre Körper miteinander. Oksana fühlte sich Lena so nah, als hätten sie einen gemeinsamen Stoffwechsel, als würden sie durch dieselbe Lunge atmen und dieselben unförmigen Gedanken denken: hautfrühstücksollenwirnachherinsschwimmbadwärmearmebeinegroßehundepfannkuchen.

Oksanas Körper war schneller wach als ihr Verstand, er übernahm das Ruder, führte ihre Hände an Lenas Körper entlang, an ihrem dürren Hals, an ihren spitzen Schulterblättern, die am Rücken hervorragten wie Flügel. Oksana fand, dass Lenas Haut viel weicher war als ihre eigene. Lenas Haut war Marshmallow-weiß und überzogen mit leichtem blonden Flaum, der sich aufstellte, wenn man darüberstrich. Manchmal konnte man in der Stille das Streicheln fast hören, ein sanftes Gleiten der Handflächen über die Haut – stundenlang. Bis die

Eltern einen Weckappell an die Zimmertür trommelten und sie beide mit verschlafener Stimme riefen: »Uh, noch fünf Minuten«, als seien sie gerade erst aufgewacht. Einmal hörte Oksana hinter der Wand die Stimme ihrer Eltern: »Das kann doch nicht sein, dass sie immer noch im Bett liegen«, sagte die Mutter. »Dreizehn Stunden! Kein Mensch schläft so lange.«

»Lass sie doch«, erwiderte der Vater. »Besser, als wenn sie sich auf der Straße mit Kerlen rumtreiben und schwanger werden.«

»Ja, aber normal ist es nicht.«

»Vielleicht sollten wir wirklich langsam aufstehen«, sagte Lena, schmiegte sich aber gleichzeitig noch enger an Oksana. Vom Bett aus beobachteten sie die Hunde, die vor dem Fenster vorbeiliefen.

»Also wenn es fliegende Hunde gäbe, hätte dieser Windhund durchsichtige Libellenflügel.«

»Und der schwarze Dackel?«

»So kleine schwarze Miniflügel. Wie eine Fledermaus.«

»Die Dogge da drüben hätte riesige Rabenflügel«, sagte Oksana.

»Und dem Dalmatiner würden Schmetterlingsflügel wachsen.«

»Ja, so weiße, aber mit schwarzen Flecken.«

»Was ist mit dem Collie?«

»Er hätte dieselben Flügel wie Tinker Bell.«

»Und der graue Streunerhund aus dem Stadtpark?«

»Der aussieht wie Putin?«

»Ja, genau.«

»Der hätte Pterodactyl-Flügel.«

Seit Lena weg war, gab es überhaupt keinen Grund,

bis 11 Uhr im Bett zu bleiben, niemanden, mit dem man sich verknoten und über Hunde reden könnte. Aber wenn man früh aufstand, war der Samstag kein richtiger Samstag, und deshalb beschloss Oksana, auf keinen Fall jetzt schon das Bett zu verlassen. Sie sah aus dem Fenster und stellte sich vor, wie Hunde vorüberzogen: hektisch flatternde Spitze, Huskys mit majestätischem Flügelschlag. Wenn sie das Fenster aufmachte, würde der Cockerspaniel, der gerade in den Sandkasten auf dem Spielplatz pinkelte, in ihre Richtung segeln, sich auf ihr Fensterbrett setzen, die Flügel zusammenfalten und zu bellen anfangen.

Stattdessen drang aus dem Zimmer nebenan nur das kläffende Husten ihrer Mutter. Der Vater war seit drei Tagen nicht nach Hause gekommen, und Oksana machte sich allmählich Sorgen. Bisher war er immer nur für höchstens eine Nacht verschwunden und am nächsten Mittag heimgekommen, hatte sich Borschtsch aus dem Topf auf dem Herd in eine Schale gegossen und sich damit auf das Sofa vor dem Fernseher gesetzt. Als würde es niemandem auffallen, dass er fort gewesen war, wenn er sich nur möglichst alltäglich verhielt.

Drei Tage, das war wirklich lange.

Oksana zog den Laptop zu sich heran, neben dem sie am Abend eingeschlafen war, und checkte ihr Mailpostfach – keine Nachricht von Lena. Auf der Startseite von *leningrad-diet.ru* sprang ihr ein neuer Slogan ins Auge: »Beweg dich! Schweiß sind die Tränen deines Fetts.«

Oksana klickte sich zur Forumskategorie »Motivation« durch und begann ihre Bibliotheksnotizen abzutippen. Seit zwei Wochen postete sie regelmäßig Zusammenfassungen dessen, was sie über die Blockade gelesen hatte.

Ihre Beiträge hatten ein paar Dutzend begeisterte Leserinnen gefunden. »Das gibt mir die Kraft, durchzuhalten :D«, kommentierte eine Userin; »So inspirierend, so authentisch <3 <3«, schrieb eine andere.

Oksana nahm derlei Kommentare mit einer Mischung aus Stolz und Scham zur Kenntnis. Würde die Bibliothekarin sie so enthusiastisch begrüßen, wenn sie wüsste, wofür sie die Archive nutzte? Anderseits: Was so viel Liebe, digitale Herzchen und positives Feedback hervorrief, konnte nicht grundfalsch sein, oder? Oksana konnte Stunden damit verbringen, die Seite immer wieder neu zu laden, um zu prüfen, ob weitere Likes, Follower oder Komplimente hinzugekommen waren.

Was die Menschen im Blockadewinter 1941/42 aßen:
- *ihre eigenen Läuse*
- *Maden (protein- und fettreicher als Hunde: etwa 42 Prozent Eiweiß, 35 Prozent Fett; außerdem roh essbar)*
- *Vitaminpräparate aus Tannennadeln*
- *»Bibliotheksriegel« – bräunliche Riegel aus gepresstem Buchkleber (sahen ein bisschen aus wie Schokoriegel, deshalb der Name)*
- *Blockadetee = aufgetauter Schnee (die Temperaturen fielen unter minus 20 Grad, das Wasser in den Leitungen war also gefroren)*
- *gekochtes oder gebratenes Leder (Jacken, Schuhe, Uhrarmbänder)*

Oksana ließ ihre Finger kurz über der Tastatur schweben. Sie hatte zwar gelesen, dass die Leningrader 22 Gerichte aus Schweineleder zuzubereiten wussten, aber stimmte das wirklich? Sie löste den Riemen ihrer

Armbanduhr, nahm ihn in den Mund und kaute darauf herum, zwei Minuten lang. Absolut ungenießbar! Das Leder schmeckte nach nichts und weichte durch ihr Kauen nicht im Geringsten auf. Oksana konnte sich nicht vorstellen, dass das Kochen dramatisch etwas daran ändern würde. War es denkbar, dass die Texte in den Archiven logen?

Seit einem Monat war Oksana Stammgast in der Bibliothek. Manchmal las sie sich so in den Chroniken fest, dass sie alles um sich herum vergaß. Sie erwischte sich immer häufiger dabei, dass sie Notizen machte, die nichts mehr mit Rezepten oder ihrem Jahresreferat zu tun hatten. Die Temperaturen in der Stadt: –15 Grad beim ersten Frost im Oktober, –42 Grad am Höhepunkt des Winters. Die Zahlen der Toten: 11 000 im November, 53 000 im Dezember, 130 000 im Januar.

Oksana nagte an ihrem Uhrarmband und dachte darüber nach, was der Geschichtslehrer Stanin in der letzten Stunde gesagt hatte: Ein wahrer Historiker verlässt sich nicht auf Dokumente, er prüft nach. Lebendige Quellen waren zuverlässiger als geschriebene. Und Oksanas lebendige Quelle lebte in der Nachbarswohnung, direkt hinter der Wand ihres Zimmers.

Oksana stieg aus dem Hochbett, schlüpfte in ihre Jeans, stopfte ihr Nachthemd hinein wie einen langen Pullover, schob sich die morgendliche 42-Gramm-Brotration in den Mund, ohne die Zähne zu putzen, und klopfte an die Wohnungstür der Familie Winogradowy. Da Lenas Eltern nach der Nachtschicht ausschliefen, war es Baba Poljas Muffin-Gesicht, das Oksana an der Tür begrüßte.

»Oksanotschka!«, rief sie. »Was bist du aber groß geworden.«

Sie hatten sich zwar erst am Tag zuvor im Treppenflur begrüßt, aber zumindest hatte Baba Polja sie erkannt. Morgens hatte sie ihre besten Momente.

»Komm rein, komm rein«, sagte sie.

Baba Polja saß gerade beim Frühstück. Sie tunkte ihre Kekse in ihren Schwarztee und lutschte dann an dem aufgeweichten Gebäck. Ein paar vollgesogene Krümel schwammen in der bräunlichen Brühe wie lebendige Organismen. Damit der Tee schneller abkühlte, goss Baba Polja ihn auf die Untertasse und schlürfte davon mit ihrem zahnlosen Mund. Oksana ekelte sich davor, dennoch schenkte sie sich ebenfalls Tee ein, nahm einen Schluck und stopfte sich schnell drei Kekse hinterher, bevor das schlechte Gewissen einsetzen konnte. Die Wände der Küche der Familie Winogradowy waren gesäumt mit Regalen voll Eingelegtem und Konserven, die für fünf Jahre im Atombunker reichen würden. Baba Polja legte unermüdlich Obst und Gemüse ein und nötigte ihren Enkel, Lenas Vater, so viele Fisch- und Fleischkonserven zu kaufen, bis kein Quadratzentimeter Freifläche mehr in den Regalen blieb. Früher hatten diese Vorräte Oksana das beruhigende Gefühl vermittelt, dass Polja es doch nicht so eilig hatte, ins Jenseits zu gelangen, wie sie manchmal behauptete. Aber seit ein paar Wochen konnte sie die Regale nicht ansehen, ohne dass ihr die Brust eng wurde.

»Baba Polja, wie kocht man Ledersuppe?«

»Ledersuppe? Haben wir nicht. Hast du Hunger? Auf dem Herd steht der Borschtsch von gestern.«

»Nein, nein, ich brauche nur das Rezept für die Ledersuppe. Das habt ihr doch während der Blockade gegessen.«

»Die Blockade? Darüber möchte ich nicht sprechen.«

»Ich brauche es für die Schule …«

»Das ist lange her.«

»Aber es geht um meine Abschlussar…«

»Eine schreckliche Zeit«, sagte Polja und saugte ihren Tee betont laut ein.

Eine Zeitlang saßen sie schweigend da, nur Poljas Schlürfen unterbrach die Stille. Dann hatte Oksana eine Idee.

»Polina, kannst du dir das vorstellen? Am Heumarkt verkaufen sie Lederreste für die Suppe, 70 Rubel das halbe Kilo. Ein Wucher ist das!«

»70 Rubel! Das ist noch gar nichts! Neulich habe ich Spekulanten Sand mit Zucker verkaufen sehen, 150 Rubel, und das Ganze schmeckte kaum süß.«

»Und überhaupt, was soll man schon aus Leder kochen?«

»Von welchem Planeten kommst du denn? Lederbuletten, Eintopf, Ledersuppe …«

»Also, ich habe neulich versucht, an einem Riemen zu kauen …«

»Das war bestimmt verarbeitetes Leder. Du brauchst ein unbehandeltes Stück. Und kauen, ha! Du musst das Zeug mindestens einen Tag lang kochen. Mein Schulranzen hat zwei Tage gebraucht, bis er fertig war.«

»Und dann?«

»Na, das bräunliche Wasser, das übrig bleibt, ist die Brühe. Was auch immer du an Lebensmitteln hast, gibst du da hinein: Baumknospen, Wurzeln, Leim, Gewürze …«

»Gewürze? Woher habt ihr die?«

»Ja, ist es nicht seltsam, dass niemand in Leningrad

auch nur einen Krümel zu essen hat, aber die Regale voll unnützer Nelken und Senfkörner? Aus Letzteren könnte man wenigstens noch Brätlinge machen.«

»Man muss die Schärfe aus den Körnern herauskochen und sie dann in Industrieöl anbraten.«

»Und das Leder?«

»Den gekochten Ranzen habe ich durch den Fleischwolf gejagt und das Gehackte zurück in die Suppe gegeben. Ist natürlich keine Wurst oder Sülze vom Markt.«

»Wurst? Im Blockade-Leningrad?«

»Wann warst du das letzte Mal auf der Straße? Der Heumarkt, wo es so lange gar nichts gab, ist plötzlich voll davon. Wurst, Buletten, Sülze … Niemand spricht darüber, wo sie herkommen.«

»Hat Leningrad eine Fleischlieferung bekommen?«

»Du hast wirklich von nichts eine Ahnung, wie? Oder willst keine Ahnung haben.«

Oksana schluckte. »War die Wurst teuer?«

»Weiß ich nicht, kaufe ich nicht. Ich würde sie nicht essen, auch wenn mein Leben davon abhinge.«

»Auch wenn du sonst sterben würdest?«

»In der Blockade, Marjuta, sterben nicht die, die nichts haben, sondern die, die nichts haben, wofür es sich zu leben lohnt. Wenn du keine Prinzipien hast, motivieren dich in Leningrad nur zwei Dinge: Angst und Hunger. Und wenn dich nichts anderes antreibt außer Fressen und Furcht und die Suche nach Wärme, weißt du, was du dann bist?«

»Was?«

»Dann bist du eine Laus, Marjuta.«

Oksana wusste nicht, wer diese Marjuta sein sollte und warum Polja ihr so viel anvertraute, aber sie konnte schlecht nachfragen. Was hatte Baba Polja während der Blockade erlebt? Wen hatte sie verloren? Oksana wollte es wissen, aber etwas hielt sie zurück. Es war sicherer, bei den Rezepten zu bleiben.

»Und sag mal, ich habe noch Schuhe aus Wildleder. Sind die gut für die Suppe?«

»Anderthalb Tage lang kochen, mindestens. Vorher einweichen und ordentlich mit einem Fleischhammer bearbeiten, damit sie noch weicher werden. Und die Sohle abreißen, natürlich. Bei dem Frost kannst du eh nichts mit Wildlederschuhen anfangen, solltest dir lieber ein paar Galoschen aus Autoreifen machen.«

Oksanas Augen durchforsteten die Küche nach Stift und Papier zum Mitschreiben. Auf dem Esstisch entdeckte sie zwar einen Bleistift, in dessen Radiergummispitze sich Abdrücke von Lenas Zähnen abzeichneten, aber kein einziges Stück Papier, nicht einmal eine Serviette. Sie griff in ihre Hosentasche auf der Suche nach einem Kaugummipapier oder einem Papiertaschentuch und fand einen zusammengefalteten Karozettel. Es war der Brief, den Sparschwein ihr am Vortag zugesteckt hatte. Oksana faltete ihn auseinander:

»Liebe Oksana, hast du Lust spazieren zu gehen? Ich warte morgen um 12 Uhr auf dich am Ewigen Feuer. Herzlich, Sergej Mammontow«

Die Schrift war akkurater, als man sie jemals von Mammut erwarten würde. Unter den geschriebenen Zeilen befand sich ein Kugelschreiber-Porträt von Oksana. Bestimmt hatte er dafür die komplette Englischstunde gebraucht, jedenfalls bewies er ein Auge fürs Detail: Er hatte Oksanas kleine, leicht kartoffelige Nase gut hinbekommen, ihre runden Augen, selbst die Leberfleckenkonstellation an ihrer rechten Wange, die aussah wie der Kleine Wagen. Er hatte ihr sogar Wangenknochen gemalt, von deren Existenz Oksana nichts wusste.

Das Ewige Feuer, wohin Mammut sie einlud, war eine Gasflamme zu Ehren der gefallenen Soldaten des Zweiten Weltkrieges, die Tag und Nacht brannte. Es gab sie in so gut wie jeder russischen Stadt. An kalten Tagen wärmten sich die Penner daran und Pärchen, die außerhalb ihrer Wohnungen rummachen mussten, weil die mit Eltern, Großeltern und Urgroßeltern vollgestopft waren.

Oksana beschloss, auf keinen Fall hinzugehen. Sie war zwar ehrlich überrascht, dass Mammuts Hände mehr draufhatten als Prügeln und Klimmzüge, aber sie wusste genau, wie das Date ablaufen würde: Sie hätten sich nichts zu sagen. Und um die peinliche Stille zu überbrücken, würden sie knutschen, spätestens nach einer halben Stunde würde Mammut sie gegen eine Häuserwand drücken und ihr seine kalten Pfoten unter die Daunenjacke schieben. Das war es doch, was die meisten Kerle von ihr wollten. Vielen Dank, sie hatte Besseres zu tun. Oksana kritzelte die Kochanweisungen für den Lederranzen auf die Rückseite des Porträts, küsste Baba Polja auf die Stirn, die wieder in andere Sphären abdriftete, steckte den Bleistift mit Lenas Zahnabdruck ein und eilte nach Hause, um das Rezept im Forum hochzuladen.

In der Zwischenzeit war das Forum erwacht, die User posteten nach dem morgendlichen Wiegen Updates zu ihrem Gewicht, Bilder von ihren Rippen, Schlüsselbeinen, Fesseln. Ein paar Stamm-Userinnen schrieben so regelmäßig über ihr Leben, dass Oksana das Gefühl hatte, sie besser zu kennen als ihre Mitschülerinnen. *Dünner,* die

Hauptmoderatorin im Forum, die über 15 000 Beiträge verfasst hatte, kam aus Omsk und wog 33,5 Kilo. Heute schrieb sie, dass sie rausgefunden hatte, wie viele Kalorien Popel hatten (9 Kalorien pro mittelgroßem Popel) und dass sie ihre Abschlussprüfung an der Berufsschule bestanden hatte. *Null* (39 Kilo) war 14, hatte Dauerliebeskummer und postete heute, dass sie seit fünf Monaten ihre Tage nicht mehr habe (»Ich weine ihnen keine Träne nach!«). *Ana* (41 Kilo) wohnte in einem Dorf im Ural, sie war eine Art Bad Cop des Forums, arbeitete als Friseurin und feuerte Neulinge an, indem sie ihnen erzählte, wie fett sie seien. »47 Kilo? Willkommen, Fettarsch!«, begrüßte sie neue Userinnen oder verteilte Strafen in dem Forumsthread »Geständnisse«. Dort beichteten Userinnen, wenn sie gegen Diätregeln verstießen:

»Meine Eltern haben mich gezwungen, Bratkartoffeln zu essen! Bitte, Mädels, verzeiht mir!«

»Und du hast es genossen, du Schweinchen! Eine Woche Brotrationskürzung!«

Das Forum funktionierte nicht viel anders als die Mädchencliquen, die Oksana kannte: eine Mischung aus Mobbing und Aufmunterung, die süchtig machte.

Oksana verzichtete lieber darauf, Bilder von sich hochzuladen oder über ihr Gewicht zu schreiben, das nicht annähernd unterdurchschnittlich war. Die Stamm-Userinnen tauten ihr gegenüber dennoch allmählich auf und lobten sie für die Rezepte.

Oksana tippte rasch das Lederranzen-Rezept ab und drückte auf »Veröffentlichen«. Im selben Augenblick erschien eine Pop-up-Nachricht auf dem Bildschirm: »USER TEMPORÄR GEBLOCKT«

In der nächsten Pop-up-Nachricht stand: »Bist du

bereit, zu beweisen, dass du dazugehörst? Sende Fotos deines Fetts an kontrolle@leningrad-diet.ru, damit wir deinen Fortschritt persönlich überprüfen können. Andernfalls läuft dein Account in 10 Minuten aus. Alle Punkte, Likes und Follower gehen dabei verloren.

PS: Nicht schummeln! Jede Problemzone in Großaufnahme, mindestens sieben Bilder!!!

PPS: Du hast noch 9 Minuten und 25 Sekunden.«

Die letzte Anzeige änderte sich im Sekundentakt – 9:24, 9:23, 9:22, 9:21 …

Oksana versuchte das Fenster wegzuklicken, lud die Seite erneut hoch, tippte leningrad-diet.ru in einen neuen Tab. Vergeblich. Das Pop-up-Fenster wollte nicht verschwinden. 8:49, 8:48, 8:47 – noch 8 Minuten und 46 Sekunden, bis alle hart erarbeiteten Follower, alle Likes einfach weg waren. Oksana holte ihr Smartphone hervor und fotografierte die Speckfalte, die, wenn sie saß, zwischen ihrem Bauch und ihren Brüsten wie ein dritter Busen hing. Sie fotografierte auch das Röllchen, das über ihren Hosenbund schwappte, und zwar aus einem möglichst unvorteilhaften Winkel, damit der Fortschritt später beeindruckender wirkte. Schließlich fotografierte sie das Spiegelbild ihres vermaledeiten Hinterns. Ausgerechnet heute trug sie ihre hässlichste Unterwäsche, mit einem bräunlichen Fleck unbekannter Herkunft an der linken Arschbacke, der nicht das war, wofür man ihn halten konnte, aber die Zeit reichte nicht, um die Unterhose zu wechseln. Warum hatte sie nicht auf ihre Mutter gehört, die ihr ständig einbläute, stets eine Unterhose zu tragen, für die sie sich weder vor ihrem Traummann noch vor Rettungssanitätern schämen musste?

2:12, 2:11, 2:10 …

Warum brauchte es so lange, die verdammten Fotos hochzuladen?

1:01 …

Sie drückte auf »Senden«.

0:58, 0:57, 0:56 …

Das Pop-up-Fenster verschwand. Sie hatte es geschafft. Erst als sich das Adrenalin langsam abbaute, wurde ihr bewusst, dass sie gerade Unterwäschebilder von sich an vollkommen Fremde geschickt hatte. Wer waren überhaupt diese Admins? Anderseits: Was sollten sie schon damit anstellen? Sich einen auf Oksanas Pölsterchen runterholen?

Sie beäugte voll Abscheu die Fotos ihrer gesendeten E-Mail. Der blasse weiche Schwabbel, die Orangenhaut, ihr Hintern, dieses unnötige Überbleibsel aus einer Zeit, in der Kalorien nicht aus 24-Stunden-Supermärkten kamen, sondern gespeichert werden mussten, unnötig, rückständig, ein toter Ast der Evolution wie der Blinddarm, eine Sackgasse des menschlichen Fortschritts wie Kassettenrecorder oder Minidiskplayer. Sie klickte die E-Mail angewidert weg und bemerkte erst dann eine andere Nachricht in ihrem Postfach. Absender: sweetsexyxoxo@mail.ru.

Sie hatte seit einem Monat nichts von Lena gehört – kein Anruf, keine Message bei Vkontakte oder Facebook. Alle WhatsApp-Nachrichten, die Oksana an ihre Freundin geschickt hatte, waren mit zwei grauen Häkchen statt zwei blauen versehen: Nachricht zugestellt, aber nicht gelesen.

Anfangs machte Oksana noch Deals mit dem Schicksal: Wenn ich es schaffe, die Treppen hochzurennen, bevor die Haustür zuschnappt, meldet Lena sich morgen.

Wenn ich dreißig Minuten lang nicht an Lena denke / dieses Stück Schokolade nicht esse / einen ganzen Tag nett zu meiner Mutter bin / zwei Tage meine E-Mails nicht checke, dann ...

Aber Lena meldete sich nie.

Oksanas Herz zappelte in ihrer Brust wie ein frischgefangener Fisch, als sie die Mail öffnete:

»Oksanka!

Wie geht's? Hier war so viel los, dass ich keine Zeit hatte, dir zu schreiben :)))) OMG ich liebe Shanghai <3 <3 <3, habe noch nie so krasse Hochhäuser gesehen. Und die Lichter: WOW! Verstehe nicht, warum ich jemals was anderes als Modeln gemacht habe. Alle rennen um dich herum, und du bekommst auch noch Geld dafür. LOL. Und NIE WIEDER MATHEUNTERRICHT! Wenn es weitergeht wie bisher, darf ich schon bald nach Europa. Die Fotografen sagen, ich sei ein Naturtalent. Ich habe dir ein Foto vom letzten Shooting angehängt. Hat ein sehr bekannter Künstler gemacht. Alle loben übrigens mein Englisch (dabei warst du immer die mit den besseren Noten :DDDD) ... Ich habe übrigens einen echten Panda gesehen!

Ich hoffe, du langweilst dich nicht zu sehr in Krylatowo, bestell deinen Eltern viele Grüße,

xoxo

Deine Lenok

PS: Habe aus Versehen dein Schlafhemd und deine Kette eingepackt, sry sry«

Oksana las die E-Mail einmal, zweimal, dreimal, viermal, bis sie vor ihren Augen verschwamm. Das war alles, nach einem Monat Stille? Bevor Lena nach Shanghai gegangen war, hatten sie so gut wie jede wache Minute ihres Lebens miteinander verbracht, und alles, was Lena zu sagen hatte, war: »Habe aus Versehen deine Kette eingepackt«?

Der richtige Schmerz schlug aber erst ein, als sie das Foto im Anhang öffnete. Lenas Gesicht in Großaufnahme. Der Kragen an ihrem Hals sah aus, als gehörte er zu einem grellen Pyjama. Lena sah so vertraut aus, dass Oksana am liebsten den Bildschirm angefasst hätte. Gleichzeitig aber zeigte das Bild nicht ihre linkische, glupschäugige Freundin, sondern eine Frau, bei der niemand auf die Idee käme, sie einen Rechen zu nennen, oder Bandwurm.

Tränen schossen Oksana in die Augen. Warum wurde das Genglück so zufällig, so dumm verteilt? Es entschied darüber, ob jemand echte Pandas zu sehen bekam oder die immergleichen streunenden Hunde; ob jemand von einem »bekannten Künstler« fotografiert oder von einem Vorstadt-Gopnik mit dem Kugelschreiber gemalt wurde. Wer waren schon Models? Freaks der Natur, deren einziges Verdienst Brüste waren, die zum Zeitgeist passten.

Oksana legte ihren Kopf auf dem Schreibtisch ab und weinte, bis das Heulen in Schluchzer abebbte und ihr ganzes Gesicht voller Rotz war.

Wie immer fand sie kein Taschentuch in ihrer Hosentasche, nur Mammuts Zeichnung. Kurz hatte sie den Gedanken, sich darin zu schnäuzen. Dann aber überlegte sie es sich anders. Sie würde hingehen. Sich von Mammut begrabbeln zu lassen war schließlich auch eine Art Zerstreuung. Zumindest würde es sie vom Essen abhalten.

Als sie ihre Jeans überstreifte, entdeckte sie ihr Spiegelbild in der Fensterscheibe: Ihre Brüste wirkten in dem zu engen Pullover zu groß, die Jeans spannte an ihrem

Hintern. Oksana schlug mit der geballten Faust gegen die Fensterscheibe.

In diesem Moment zog ein Schatten vor dem Fenster vorbei, viel zu groß für einen Vogel. Vielleicht eine Dogge mit glatten schwarzen Flügeln? Oksana kniff die Augen zusammen und fixierte einen Punkt in der Ferne. Konnte es sein, dass die Dogge ganz hinten bei den Laternenpfählen gelandet war und auf Krylatowo herabblickte wie ein Aasgeier?

KAPITEL 6

LENA

NACHTSCHICHT

Die Cocktails, die der Barkeeper ihnen zur Begrüßung spendierte, kosteten so viel, wie Lena an Taschengeld für die Woche erhielt. Zu schnell leerte sie ihr Glas, so dass ihr der Kopf leicht und die Beine schwer wurden. Sie lehnte sich mit dem Rücken an den Tresen und musste sich stark konzentrieren, um das Gespräch aus der Musik und dem Rauschen ihrer eigenen Gedanken herauszufiltern.

»Wie wäre es mit dem blonden Schnurrbart?«, fragte Ljudmila.

»Männer mit Schnurrbärten sehen immer aus wie Lustmolche, die es auf ihre minderjährige Nichte abgesehen haben«, sagte Katarzyna.

»Ist ja nicht so, dass du deinen 18. Geburtstag schon lange hinter dir hättest.« Ljudmila lächelte in die Richtung des Schnurrbärtigen und deutete auf ihr halbleeres Glas. Er sah sich um, als wollte er sichergehen, dass wirklich er gemeint war, griente ungläubig und stellte sich sofort an der Bar an.

Es war die Nacht, in der Rafik – Zitat – »seine Kälbchen ausführte«. Er verkaufte das Ganze als eine Belohnung für die Arbeitswoche. Dabei wussten alle, dass der Discoausflug Pflichtprogramm war, weil die Clubbesitzer Rafik für jedes Model, das er mitbrachte, ein paar Scheine zusteckten.

Die Frauen im Club trugen ihre hochtoupierten Haare so stolz wie Hirsche ihre Geweihe und hatten Röcke an, die aufhörten, bevor sie richtig anfingen. Lena hatte ein Kleid von Ljudmila an. Es war überall mit grünen Pailletten bestickt, wie mit Eidechsenschuppen, so dass Lena sich vorkam wie ein glamouröses, teures Reptil.

Auch Ljudmila und Katarzyna hatten sich ins Zeug gelegt, sie sahen aus wie ihre eigenen Instagram-Selfies: Die Haut wirkte durch die vielen Make-up-Schichten wie gephotoshoppt, die Kurven wurden von der Unterwäsche an die richtigen Orte gepresst. Überhaupt schienen die Clubbeleuchtung und der Alkoholschleier eine Art Fotofilter auf ihr Leben in Shanghai zu legen, ließen es aufregender, spannender erscheinen. Hier wurden sie nicht ein Dutzend Mal am Tag von Männern mit einem Winken der Hand aussortiert, hier mussten sie nur lächeln, damit ein Typ für sie zur Bar hechtete.

Der Schnurrbärtige mutete an wie ein Familienvater – vielleicht war er ein Tourist, vielleicht ein Expat. Als er die Getränke vor ihnen abstellte, nickten ihm Ljudmila und Katarzyna nur leicht zu, als sei er ein Kellner. Sie sagten nicht danke, taten nichts, um dem Mann aus seiner Schüchternheit zu helfen. Er trat beklommen von einem Fuß auf den anderen, zuckte schließlich mit den Schultern und ging wieder fort.

»Sollten wir uns nicht wenigstens bedanken?«, sagte Lena.

»Wer sich bedankt, gibt zu, dass er jemandem etwas

schuldig ist«, erklärte Ljudmila und lächelte den nächsten Kandidaten an, obwohl sie an dem Getränk, das vor ihr stand, nicht einmal genippt hatte. Sie bat den Mann um eine Zigarette und zündete sie an, obwohl Rafik nur ein paar Meter weiter stand. Heute Nacht galten andere Regeln.

Ein langhaariger Kerl, Typ Backpacker, versuchte Katarzyna in eine Unterhaltung zu verwickeln. Sie reagierte maximal gelangweilt auf seine Smalltalk-Bemühungen, nahm nicht einmal den Strohhalm aus dem Mundwinkel. Katarzyna war definitiv nicht das erfolgreichste Model der Model-WG, aber im Club erregte sie die meiste Aufmerksamkeit. Sie hatte ein Gesicht, das operiert aussah, ohne es zu sein – die Lippen übervoll, die Wangenknochen hervorstehend, als seien sie aufgespritzt, die Augenbrauen in einem perfekten Botoxbogen geschwungen. Gesichtsporno nannte es Rafik.

Alima und die Zwillinge hatten zu Hause bleiben dürfen, weil sie am nächsten Morgen um 4 Uhr 30 zum Shooting mussten. Gabriela klammerte sich schmollend in einer Ecke an ein pinkfarbenes Getränk. Amanda war schon auf der Tanzfläche – einem Spiegelboden, umringt von verspiegelten Wänden –, die den Eindruck erweckte, dass sich nicht zwanzig, sondern hundert Frauenkörper darauf bewegten. Männer waren nicht unter den Tanzenden zu entdecken – sie standen am Rand, guckten zu, suchten aus. Die Frauen tanzten aggressiv gutgelaunt. Sie lachten ihr eigenes Spiegelbild an, warfen das Haar zurück und hatten jede einzelne ihrer Bewegungen im Blick, als ginge es darum, eine Choreographie von Spaß und Lebensfreude zu perfektionieren.

Lena leerte auch das zweite Glas fast in einem Zug

und wackelte auf ihren 15-Zentimeter-Absätzen in Richtung Toilette.

»Hey, hey! Hey, Britney Spears!«, rief ein Chinese in teurem Anzug und hielt sie am Handgelenk fest. »Willst du auf der Afterparty arbeiten?«

»Welche Afterparty?«, fragte Lena.

»Bist du etwa kein Model?«

»Doch, doch, klar.« Lena setzte ein professionelles Lächeln auf. »Und du suchst Hostessen für eine Feier?«

Chinesische Unternehmensbesitzer buchten häufig europäisch aussehende Frauen als Statussymbole für ihre Messeauftritte und Firmenevents. Wer sich weiße Haut leisten konnte, strahlte Erfolg und Geld aus. »White monkey jobs« hießen diese Aufträge bei Insidern, oft waren sie besser bezahlt als ein Shooting.

»Geht es um eine Betriebsfeier? Oder ein Essen mit Kunden?«, erkundigte sich Lena.

»Du bist neu, oder?«, sagte der Chinese.

»Ich bin schon seit einem Monat in Shanghai.«

»Wer ist dein Chef?«

Lena deutete mit ihrem Kinn zum Tresen, wo Rafik Shots hinunterkippte.

Der Chinese zog ab, ohne sich zu verabschieden, und Lena fragte sich, ob sie wieder alles falsch gemacht hatte.

Als sie von der Toilette zurückkam, hatte Ljudmila drei neue bunte Drinks vor sich stehen, obwohl sie immer noch mit ihrem ersten Skinny Bitch beschäftigt war – Wodka mit Sprudelwasser, das einzige alkoholische Getränk, das ihr Ernährungsplan zuließ. Zuckrige Cocktails von Männern zu besorgen schien für sie eine Art Sport zu sein. Lena griff nach einem Glas mit hohem Stiel und pfirsichfarbenem Inhalt.

»Mir hat gerade jemand einen Job bei einem Event angeboten. Denkst du, es ist heiße Luft?«

»Kann schon sein. Nach zwei Bier ist hier jeder ein großer Manager oder ein Modefotograf, der dich ganz groß rausbringen kann.«

»Er sah aber seriös aus. Sein Anzug saß so makellos, als wäre er ihm an den Körper gebügelt.«

»Was denn überhaupt für ein Event?«

»Irgendeine Afterparty.«

Ljudmila lachte auf und schnippte mit den Fingern gegen Lenas Stirn. »Du weißt schon, was das heißt?«

»Das hast du mir doch schon in der ersten Woche erklärt: Man steht herum wie menschliche Deko, sieht gut aus und lässt die Männer auf der Party glauben, sie seien heiß und interessant.«

Statt einer Antwort formte Ljudmila einen Ring aus Daumen und Zeigefinger ihrer linken Hand und führte ihren rechten Mittelfinger ein paar Mal rein und raus.

»Glaubst du wirklich, Rafik bringt uns nur wegen der mickrigen Provision der Clubbesitzer her?«, fragte sie.

Lena sah hinüber zu Rafik, der mit dem Anzugchinesen redete, und hörte das Blut in ihren Ohren rauschen.

»Und wenn ich nicht will?«

»Es ist wie mit allem anderen: Niemand zwingt dich. Aber es hilft.«

»Hast du es schon mal gemacht?«

»Es unterscheidet sich nicht groß vom Modeln. Alles, was von dir verlangt wird, ist, einen Pulsschlag zu haben und einigermaßen umgänglich zu sein. Und anders als bei den Shootings suchst du dir die Kunden aus.« Ljudmila machte eine ausschweifende Handbewegung, die die Reihe der Gläser vor ihr umspannte.

»Aber das ist Prostitution!«, rief Lena.

»Du tauschst Sex sowieso immer gegen irgendwas ein. Gegen einen Mann. Gegen einen Mann mit Auto. Gegen Blumen, gegen Bewunderung, gegen ein weißes Kleid. Yen sind mir lieber. Wir dürfen fünfzig Prozent von dem Geld behalten, plus Trinkgeld – und nicht bloß die Krümel, die bei den Modelaufträgen abfallen.«

»Ist das normal?«

»In anderen Agenturen nicht unbedingt. Wir haben einfach richtig Pech gehabt.«

»In unserer Wohnung … machen es alle?«

»Alle, die nicht genug Aufträge haben und bleiben wollen.«

Auf einmal wurde Lena klar, warum Alima und die chinesischen Zwillinge an diesem Abend nicht mitkommen mussten. Sie waren erfolgreich genug. Lena starrte auf die Tanzfläche. Amanda und Gabriela waren verschwunden. Katarzyna unterhielt sich mit einem solvent aussehenden Manager-Typ, ihre Langeweile wie weggewischt. Sie, die nie außerberuflich lächelte, warf nach jedem seiner Sätze den Kopf in den Nacken.

Lena spähte zu Rafik und dem Anzugchinesen und schrak zusammen. Die beiden sahen ihr direkt ins Gesicht. Sie schüttelte den Kopf und drehte sich schnell weg. Aus den Augenwinkeln sah sie, dass Rafik die Augenbrauen hochzog. Als sie ihr Getränk am Tresen abstellte, bemerkte sie eine tiefe Kerbe in ihrer Handfläche – so fest hatte sie sich an den Stiel geklammert.

Zwei Stunden später war Lena die Einzige, die mit Rafik nach Hause fuhr. Er sagte die ganze Zeit über kein Wort und öffnete erst den Mund, als sie vor der Haustür hielten.

»Lange wirst du dir das nicht leisten können.«

»Ich hatte fünf Aufträge im letzten Monat«, erwiderte Lena.

»Und jetzt?« Rafik wischte auf seinem Smartphone herum, bis eine Tabelle auf dem Display erschien. »Elena Winogradowa. Verdienst im Dezember: 930 Dollar. Davon gehen 75 Dollar an die russische Agentur, 300 werden dafür abgezogen, dass wir dich hier rumkutschieren und an Kunden vermitteln, 240 Dollar sind dein Taschengeld im Monat, 400 deine Miete. Somit schuldest du uns 85 Dollar. Und das, abgesehen von den Kosten für den Flug hierher, den Visagebühren, deinem Portfolio und dem Smartphone. Womit wir bei −2565 Dollar wären. Ich hoffe, du hast die Zahl in deinem Kopf, wenn du ihn das nächste Mal schüttelst.«

»Jede von uns zahlt 400 Euro Miete? Das heißt, ihr kassiert insgesamt 3200 Euro für diese Bruchbude!«

»Du kannst jederzeit umziehen, wenn du was Besseres findest. Aber erwarte nicht, dass die Fahrer dich dort abholen.«

»Ich kann mir nicht vorstellen, dass das alles legal ist.«

»Du weißt, niemand zwingt dich zu bleiben. Du kannst jederzeit nach Hause, Kartoffeln fressen in deiner Zweizimmerwohnung, dich von einem Klassenkameraden schwängern lassen und deinen Kopf an eine sterbensöde Firma vermieten.«

Rafik schlug mit der Faust aufs Lenkrad und traf die Hupe. Lena zuckte zusammen, als hätte man sie geohrfeigt. »Schau«, sagte Rafik, sein Ton plötzlich sanft. »Was ich dir anbiete, ist eine echte Chance. Und so gern, wie ich dich habe – die Agentur wird dich nicht lange hierbehalten wollen, wenn du ein Minusgeschäft bleibst. Streng dich an. Zieh mehr Aufträge an Land, oder lass dir etwas anderes einfallen. Schlaf dich erst mal gut aus, heute. Morgen habt ihr frei, und wenn du nicht willst, musst du übermorgen auch nicht zu den Castings. Du hast sehr viel gearbeitet in letzter Zeit.«

Kaum war sie über die Schwelle des Apartments getreten, prasselte eine Wechseldusche der Emotionen auf Lena ein: Angst, wie es weitergehen sollte. Dankbarkeit gegenüber Rafik, der so viel Geduld hatte, obwohl sie ein Verlustgeschäft für ihn war. Aber auch Wut. Ja, zu Hause gab es täglich Kartoffeln, und ja, sie schlief in einem Zimmer mit ihrer Uroma. Aber ein Leben, in dem sie sich fast ausschließlich von Instantnudeln ernährte und sich mit zwei anderen Mädchen 10 Quadratmeter Wohnfläche teilen musste, brauchte man ihr nicht als Wohltat zu verkaufen.

Ohne Ljudmilas Schnaufen und Gabrielas Schluchzer war das Zimmer ungewöhnlich ruhig. Die Stille kam Lena so laut vor, dass sie ihr beinah in den Ohren klingelte. Ihr Gehirn gab Vollgas im Leerlauf, schaltete wie verrückt zwischen den Gedanken, ohne bei einem einzurasten. Der Anzugchinese – 2565 Dollar Schulden – Oksana – der hagere Typ, der Ljudmila mitgenommen hatte – das Casting für die Akne-Creme diese Woche – Katarzyna mit ihren wütenden Augen – Steve mit seinen übertetuerten Sonnenbrillen – 400 Dollar für diese Bruchbude – Oksana – Oksana – Oksana …

Als es draußen hell wurde, gab Lena es auf, die Oksana-Erinnerungen zu vertreiben, und konzentrierte sich stattdessen auf die eine, die sie immer beruhigte: Oksana, wie sie ihre Haare kämmt. Ihre große Plastikbürste durchforstete ihre Mähne so gnadenlos und knisternd vor statischer Elektrizität, dass Lena manchmal glaubte, blaue Funken in den Haaren der Freundin zu sehen.

Aber das Gehirn kooperierte nicht, es wollte diese Erinnerung partout nicht liefern, sondern spulte beständig Oksanas verheultes Gesicht und ihre vom Weinen heisere Stimme ab.

»Sicher, dass sie dich nicht zu irgendwas zwingen werden, was du nicht willst?«, hatte sie gefragt, als Lena ihr vom Casting in der Schulturnhalle erzählte. Oksana hatte bis zuletzt Zweifel gehabt, ob das Modeln nicht doch nur ein Deckmantel für Schlimmeres sei: Drogenschmuggel, Prostitution, Organhandel. Dinge, von denen man im Nachmittagsfernsehen erfuhr. Sie machte sich mehr Sorgen als Lenas eigene Eltern.

An dem Abend, als die Modelagentur anrief, hatten die Mädchen über den Hausaufgaben in Lenas Zimmer gebrütet, während Baba Polja neben ihnen schnarchte. Lenas Mutter, die es hasste, zu telefonieren, hing über eine Stunde an der Strippe – ein sicheres Indiz für Lena, dass es sich um den Anruf handeln musste, auf den sie seit Tagen wartete. Am selben Abend bestellten die Winogradowy Oksanas Eltern zu einer Diskussion am Küchentisch ein. Zu viert erörterten sie Lenas Zukunft und tranken den Selbstgebrannten, den Oksanas Vater mitgebracht hatte.

Die Mädchen wurden nicht eingeladen, also lauschten sie mit angehaltenem Atem an der Tür, um ja kein Wort zu verpassen. Lenas Eltern waren überrascht von dem Anruf. Sie hatte ihnen zwar von dem Modelwettbewerb in der Turnhalle ihrer Schule erzählt. Aber dass ihre Tochter tatsächlich eine Chance hätte, darauf wären sie im Traum nicht gekommen. Sie sahen in ihr einen zu groß und zu dünn geratenen Teenager mit Glubschaugen und spitzen Knien, Lena war ihre »Glista«, ihr Bandwurm. Die Frauen in den Modemagazinen waren anders, ganz anders.

Doch es gab nicht viel zu verlieren. Die Modelagentur übernahm alle Ausgaben der Kandidatinnen auf Vorschuss. Wer kein Geld einbrachte, wurde zwar nach Hause geschickt, musste die Schulden aber nicht zurückzahlen.

»Und was ist, wenn sie dir den Pass wegnehmen und dich in die Sklaverei verkaufen«, flüsterte Oksana mit einem Ohr an der Tür. »Ich habe so etwas im Fernsehen gesehen.«

»Quatsch«, meinte Lena. »Die Schule hätte einer unseriösen Agentur nie erlaubt, einen Wettbewerb auszuschreiben.«

»Vielleicht wurde der Direktor ja geschmiert.«

»Du bist nur neidisch.«

»Kein bisschen. Ich hätte keinen Bock darauf, mich allein in China herumzutreiben. Was ist, wenn die Kunden dich anmachen, oder so?«

»Dann sollen sie doch. Hier wird man ständig angemacht und bekommt nicht mal Geld dafür. Still jetzt, ich will hören, was sie reden.«

In der Küche wog man Sicherheitsbedenken gegen Karrierechancen ab, elterliche Sehnsucht gegen die Möglichkeit, dass Lena schon bald Geld nach Hause schicken könnte. Shanghai war weit weg, und Lenas Eltern fürchteten die Verdorbenheit ausländischer Großstädte: ungezügelten Kapitalismus, Homosexualismus, Feminismus. Immerhin war China nicht so sittenlos wie Europa. Zumindest hatten die Chinesen einen starken Präsidenten.

Natürlich wäre es besser, wenn Lena es auf eine Universität in Sankt Petersburg schaffen würde, aber ihre Noten waren nicht halb so gut wie Oksanas. Sie würde niemals einen kostenlosen Studienplatz bekommen. Und außerdem: So wie die Dinge im Land augenblicklich standen, würde Lena selbst mit einem Hochschulabschluss für 500 Euro im Monat buckeln müssen.

Bald wurde nicht mehr an Lenas Zukunft gezweifelt, sondern darauf getrunken. Danach erhob man die Gläser auf russische Schönheiten. Dann auf das »schöne Geschlecht« im Allgemeinen. Dann auf das »starke Geschlecht«. Dann auf das Vaterland. Dann auf Putin. Und noch einmal auf Putin, weil Oksanas Mutter darauf bestand.

»Und was ist mit unseren Plänen?«, fragte Oksana. »Mit wem teile ich das Wohnheimzimmer an der Uni?«

Lena sah mit einer Mischung aus Genugtuung und Mitleid, wie sich Oksanas Augen mit Tränen füllten.

»Meine Noten wären eh nicht gut genug für die Uni gewesen«, sagte sie. »Und es ist ja sowieso vorerst nur für drei Monate.«

»Und was ist mit Silvester?«

»Vielleicht lassen sie mich ja zwischendurch nach Hause fliegen«, sagte Lena, obwohl sie wusste, wie unwahrscheinlich es war.

Oksana lehnte sich gegen die Wand und glitt an ihr herunter wie ein Tropfen Honig am Rand eines Honigglases. Dicke Tränen liefen ihr über die Wangen.

Lena hockte sich neben sie auf den Boden und wischte die Tränen der Freundin mit ihrem Handrücken weg. Sie schwiegen, und Lena wusste nicht, wohin mit ihren nassen Händen. Es schien ihr unangebracht, Oksanas

Tränen an ihrem Pullover abzutrocknen, also leckte sie sie von ihrem Handrücken. Sie spürte, dass es angemessen wäre, ebenfalls zu weinen, aber sie war zu keiner Träne fähig. Als sie an Oksanas Wangen herumwischte, bemerkte sie, dass ihre Freundin zitterte.

»Ist dir kalt?«, fragte Lena.

»Mir ist gar nichts. ... Du gehst nicht wirklich fort, oder?«, fragte sie.

»Nein. Nein. Nur geographisch«, sagte Lena, ohne Oksana anzusehen. Ihr war klar, dass sie nicht nur aus Krylatowo floh, sondern auch vor ihren gemeinsamen Nächten. Ihre Abreise sollte das Ende dieser Nächte sein, das Ende der obsessiven Gedanken daran und des Schamgefühls danach. Solange sie in Oksanas Nähe war, getrennt von ihr nur durch eine Wand, schaffte sie es nicht, damit aufzuhören.

»Wenn du willst, kann ich heute bei dir übernachten«, sagte Lena.

Oksana schüttelte erst den Kopf, nickte dann und trocknete ihr Gesicht mit dem Ärmel.

Lena hatte damals das Gefühl gehabt, Oksanas Tränen riechen zu können. So ein Quatsch, dachte sie jetzt. Der Geruch ihrer Tränen – das hörte sich nach einem Groschenroman an. Oder war es doch möglich? Regen und Schnee konnte man schließlich auch riechen, dachte sie und war plötzlich bei einer Entscheidung angelangt, die ihr Gehirn endlich abschaltete wie einen Wasserkocher, der den Siedepunkt erreicht hat.

Als Lena die Augen wieder aufschlug, lag Gabriela schnarchend im Bett, zusammengerollt wie ein Shrimp, das Gesicht bedeckt von weizenblonden Haaren. Ljudmila war nicht da. Ohne das Bett zu verlassen, zog Lena ihre Handtasche zu sich, fischte ihr Smartphone und Steves Visitenkarte heraus und schrieb eine WhatsApp-Nachricht:

»Hi Steve, das ist Lena vom Pyjama-Shooting :))) Danke, dass du Rafik das Porträt für mein Portfolio geschickt hast. Es ist wirklich wunderschön. <333 Ich würde dich gern wiedersehen.«

Sie stand auf, ging in die Küche und schob ein Päckchen 12-Sekunden-Instant-Haferbrei in die Mikrowelle. Die Uhr zeigte 13 Uhr, und zum ersten Mal, seit Lena in dieser Wohnung aufwachte, gab es keine Schlange vor der Dusche. Die Mädchen benahmen sich, als wäre ein ganz normaler Sonntag, und Lena fragte sich kurz, ob sie die Ereignisse der vergangenen Nacht nur geträumt hatte. Amanda guckte einen Pixar-Film auf dem Laptop, Katarzyna saß über ihre Unihausaufgaben gebeugt, Alima und die Zwillinge waren beim Shooting, Ljudmila skypte wieder einmal in ihrer Täubchensprache. Ob ihr Freund, oder wer auch immer am anderen Ende der Leitung war, wusste, womit sie ihr Geld verdiente? Und diese Nachtshootings, die sie in letzter Zeit aneinanderreihte – waren das auch »Afterhours«?

Ihre Mitbewohnerinnen hatten entweder schon geduscht oder ließen die Körperhygiene an ihrem freien Tag ausfallen.

Unter der Dusche rannen der Glitzer und ein paar Pailletten des Eidechsenkleides mit dem Wasser an Lenas Körper hinunter und wirbelten im Abfluss, als hätte sich das glamouröse Reptil der letzten Nacht gehäutet.

KAPITEL 7

OKSANA

CHERIMOYA

Ein Steinchen flog gegen das Küchenfenster, dann ein weiteres. Oksana spähte in den Innenhof, aber dort saß nur der Alkoholiker Wolodja mit einer halbleeren Flasche. Auf keinen Fall wäre er imstande gewesen, ein Fenster im zweiten Stock zu treffen. Wahrscheinlich nur ein Ast im Wind, dachte Oksana, doch kaum hatte sie sich wieder dem Herd zugewandt, hörte sie ein Pfeifen. In der Birke vor dem Haus saß Mammut und gestikulierte wild.

Eiskalte Dezemberluft brannte auf Oksanas Wangen. Warum Mammut sich normalen Kommunikationswegen wie WhatsApp oder Vkontakte versperrte, verstand sie einfach nicht.

»Kommst du raus?«, rief er.

»Jetzt? Ich koche.«

Mammut sog die Luft ein. »Riecht wie Schei ... Scheibenkleister.«

Was nicht weit von der Wahrheit entfernt war, wie Oksana zugeben musste. Sie war dabei, Tapetenkleister-Pudding nach Baba Poljas Rezept zuzubereiten. Nachdem sie den Tapetenkleister vierundzwanzig Stunden hatte einweichen lassen, musste er nun eine Stunde lang köcheln. Das Ganze stank nach angekokelten Haaren und Hufen und schmeckte nicht unähnlich. Im Zweiten Weltkrieg wurde Tapetenkleister aus tierischen Proteinen hergestellt. Heute war er meistens synthetisch, aber wenn man gut suchte, fand man auch die alte Variante. Pudding nannte man das Gericht, weil die Brühe, einmal abgekühlt, eindickte und eine glibberige Konsistenz annahm. Laut Baba Polja konnte man das Zeug mit ein wenig Essig und Senf gut runterkriegen.

»Komm schon«, sagte Mammut.

»Später vielleicht.«

»Ich hole dich um halb acht ab.«

Bevor Oksana ja oder nein sagen konnte, sprang er von der Birke hinunter und verschwand hinter der Hausecke. Oksana schüttelte den Kopf: So ein Poser! Mammut spielte nicht nach den Regeln, die sie von Verabredungen mit anderen Jungs kannte. Letzte Woche war sie am Ewigen Feuer voller Bereitschaft angekommen, seine Annäherungsversuche über sich ergehen zu lassen. Sie hatte die Hände an der Gasflamme gewärmt und darauf gewartet, dass er mit einer Rose in der Hand auftauchte – dem üblichen Preis für den Eintritt in den BH eines Mädchens.

Aber Mammut war nicht mit einer Rose gekommen, sondern mit einem Schlitten, den er an der Leine führte wie einen Dackel. Sie rodelten auf dem Hügel hinter dem Hypermarkt zwischen ein paar verfrorenen Erstklässlern. Mammut machte keine Arschwitze, sagte nicht viel, rotzte kaum und versuchte nicht, sie an Stellen anzufassen, die nicht absolut notwendig für das Rodeln waren. Später begleitete er sie bis vor ihre Haustür, aber unternahm zum Abschied keine Anstrengung, sie zu küssen oder zu befummeln.

»Was für einen Fraß kochst du da wieder?«, rief Oksanas Mutter statt eines »Guten Morgen«, als sie die Küche betrat. In ihrem dunkelgrünen Bademantel, der über ihren ausladenden Hüften spannte, sah die Mutter aus wie eine riesige Avocado. Sie nahm einen Schluck süßen Kefir aus dem halbleeren Glas, das auf dem Tisch stand.

»Ist für mein Schulprojekt«, sagte Oksana.

»Und wer soll das, bitte schön, aufessen?«

»Ich.«

»Ist klar.«

Ihre Mutter hatte nicht ganz unrecht: 80 Prozent der Blockadespeisen wanderten sofort in den Abfall, nachdem Oksana einen Löffel davon probiert hatte.

»Ich habe es satt, ständig deinem Vater und dir hinterherzufuttern! Immer lasst ihr halbleere Teller auf dem Tisch stehen. Das Obst vergammelt in der Obstschale. Alle Suppen und Eintöpfe, die ich für euch koche, würden in der Kloschüssel landen, wenn ich nicht wäre!«

»Vielleicht sollten wir ein Schwein anschaffen wie die Iwanowy.«

»Und dem soll ich dann auch hinterherfressen, oder was?«

Ihre Mutter kam in Fahrt. »Diese Banane, zum Beispiel, für wen habe ich sie gekauft? Für wen?!«

»Ich will keine Banane. Ich mache eine Diät.«

Oksana vermutete, dass ihr Vater der Grund für die schreckliche Laune ihrer Mutter war. Seit einer Woche war er verschwunden, schrieb nach der Arbeit eine SMS: »Macht euch keine Sorgen, mir geht es gut, bis bald«.

Keine Entschuldigung, keine Erklärung, nicht einmal ein halbseidener Vorwand wie »Geschäftsreise«.

»Ich habe sie für dich gekauft, Oksana! Weißt du, wie teuer Bananen im Dezember sind?«

Mütter, fand Oksana, waren widersprüchliche Wesen. Sie konnten einen lieben wie sonst niemand auf der Erde – und alles versauen wie kein anderer. Sie sagten einem, dass man zu dick war, während sie kräftig Nachschlag auftischten. Kauften einem die kürzesten Miniröcke und beschwerten sich dann, dass man zu nuttig herumlief. Besorgten überteuerte Bananen im Dezember und hielten sie einem drohend vors Gesicht wie eine Schusswaffe.

»Ist ja gut«, sagte Oksana, nahm die Banane aus der Hand ihrer Mutter und fing an, sie zu schälen. 95 Kalorien, dachte sie, fast ein Viertel der Tagesration, aber sie war bereit, ein Opfer für den Familienfrieden zu bringen.

»Was tust du da?!«

»Ich schäle die Banane, so wie du es wolltest.«

»Ohne sie zu waschen!« Die Stimme der Mutter bekam schrille Noten, und Oksana hatte große Lust, ihr ein Küchentuch über den Kopf zu werfen wie über einen Käfig, in dem ein schreiender Papagei sitzt. »Wer weiß, wessen Hände da dran waren. Die Afrikaner haben sie angefasst!«

»Ja, aber nur die Schale. Die Frucht darunter ist absolut hygienisch.«

»Widersprich mir nicht!«, keifte die Mutter, riss ihr die Banane aus der Hand, ging zum Spülbecken und hielt sie lange unter heißes Wasser.

Oksana sah, dass ihre Schultern bebten. Sie umarmte ihre Mutter von hinten und vergrub ihre Hände in der gemütlichen Falte zwischen den zwei Bauchrollen. Die

Mutter putzte die Banane mit Seife und versuchte ihre Schluchzer in einer geringeren Lautstärke zu halten als das fließende Wasser.

»Denkst du, er hat uns verlassen?«, fragte sie, ohne sich umzudrehen.

»Ich glaube nicht. Sein teurer Ledermantel ist noch da. Und sein Schnapsbrenngerät. Und die meisten Unterhosen«, sagte Oksana. »Ich glaube, er kommt wieder.«

Die Mutter schwieg und schrubbte schluchzend die Banane.

»Pscht, pscht, pscht«, machte Oksana, »Nananana.« Dann fielen ihr keine tröstenden Laute mehr ein.

»Ich gehe heute mit Sergej Mammontow aus unserer Klasse aus«, hörte sie sich stattdessen sagen, obwohl sie bis zu diesem Moment überhaupt nicht sicher war, dass sie ihn treffen wollte.

»Das ist schön«, meinte die Mutter, drehte sich um und schlang völlig unerwartet die Arme um ihre Tochter – das Gesicht tränennass und die seifige Banane in der Hand –, fester, als es Oksana lieb gewesen wäre.

Einerseits nervte es Oksana, dass allein die Tatsache, dass ein männliches Wesen sich für sie interessierte, für solche Zuneigungsanfälle sorgte. Anderseits war sie erleichtert, dass ihre Mutter vor lauter Freude vergaß, zu fragen, wer er überhaupt war.

Die Mutter wischte sich mit dem Ärmel ihres Bademantels übers Gesicht und eilte aus der Küche. Oksana nahm den Tapetenkleister-Pudding von der Herdplatte, stellte ihn zum Abkühlen auf das Fensterbrett und machte ein Foto davon. Dann beeilte auch sie sich, sich in ihr Zimmer zurückzuziehen. So viele Emotionen auf einmal überforderten sie beide.

Sie klappte ihren Laptop auf, um das Tapetenkleisterrezept zu posten. Für die Lederranzen-Suppe hatte sie im Forum großen Beifall geerntet und mit der Hefesuppe gleich einen weiteren Hit gelandet.

Auf Letztere war Oksana während ihrer Recherchen in den Archiven gestoßen. Sie hatte über ein Wissenschaftlerteam im Blockade-Leningrad gelesen, das eine Methode entwickelt hatte, wie man eiweißhaltige Hefe aus vergorenen Holzspänen gewinnen konnte. Tausenden Menschen rettete dieser Einfall das Leben! Und wenn man die Holzhefe durch die aus dem Supermarkt ersetzte, hatte Oksana überlegt, musste es ein Kinderspiel sein, die Suppe herzustellen. Das Ergebnis war eine stinkende weißliche Brühe gewesen, die nach nassem Klopapier schmeckte. Aber mit zugehaltener Nase konnte man sie hinunterbekommen.

Oksana schummelte gnadenlos bei der Diät, und trotzdem fühlte sie sich ständig müde und erschöpft. Die Blockadespeisen lagen ihr schwer wie Pflastersteine im Magen, morgens wachte sie mit geblähtem Bauch auf, hatte Durchfall und fiel manchmal schon um sieben Uhr abends ins Bett. Wenn sie sich unter Magenkrämpfen zusammenkrümmte, fragte sie sich, wie jemand, der die Diät *wirklich* durchzog, es bloß aushielt. Ganz zu schweigen von den Hunderttausenden während der Blockade, die sich fast drei Jahre lang so ernähren mussten.

Die Hefesuppe fand dennoch zahlreiche Fans auf *leningrad-diet.ru*. Oksana hatte inzwischen 105 Follower und galt im Forum als Expertin, was die Geschichte der Blockade anging. Ihr letzter Post hatte 108 Likes und über 30 Kommentare erhalten, darunter viele Nachfragen, eine stammte sogar von *Dünner*. Oksana konnte es kaum glauben. *Dünner* war eine der ältesten und dünnsten der Community, ihr Profil zeigte 5641 verfasste Beiträge an, 111245 Likes – und 32,5 Kilo. Oksanas Herz klopfte schneller.

»Hi hi hi! Echt hilfreich, was du schreibst! :)))) Denkst du, ich darf ein paar Gewürznelken in d Lederranzen-Suppe reintun?! Wären nur 8 kcal extra, aber haben Menschen während d Belagerung so was gehabt?!? Nelken sollen auch gegen Bauchschmerzen helfen, ich habe wieder so krasse Krämpfe (>_<)«

»Hallo *Dünner*, kein Problem mit den Gewürznelken! Die Menschen hatten während der Blockade tatsächlich oft Gewürze zur Hand. ¯_(. .)_/¯ Sie hatten ja kein Essen, das sie würzen konnten, haben also nichts davon verbraucht o_O Manche haben aus ihren Senfkörnern später sogar Brätlinge hergestellt. Ich hoffe, das hilft! Xoxoxo«

Sie hatte kaum auf »Enter« gedrückt, da erreichte sie eine private Nachricht von *Dünner*: »Danke, Liebes! Kannst du mir vielleicht noch d Rezept für d Senfbrätlinge geben? :DDD«

»Hey *Dünner*«, antwortete Oksana, »also, ich habe gehört, man muss die Schärfe aus ihnen rauskochen oder sie einweichen und dann in Industrieöl anbraten. Hab's aber selbst noch nicht ausprobiert. :))))«

Sie beschloss, Baba Polja beim nächsten Mal genauer danach zu fragen. Inzwischen stattete sie Lenas Urgroßmutter mehrmals pro Woche einen Besuch ab, mit Themen aus dem Forum im Gepäck. Polja begrüßte sie nun ausschließlich als Marjuta und verhielt sich so, als tobte draußen das Jahr 1941. Oksana fühlte sich dabei jedes Mal wie eine Betrügerin, besänftigte ihr schlechtes Gewissen jedoch damit, dass sie der alten Frau zumindest Gesellschaft leistete. Lenas Mutter behandelte Polja wie ein Haustier, Lenas Vater arbeitete zu viel in der Fabrik, um sich mit ihr zu beschäftigen, und Lena selbst hatte sich noch nie für ihre Urgroßmutter interessiert. Oksana hörte Baba Polja wenigstens zu, brachte mal eine Zimmerpflanze mit, mal ein paar Lutschbonbons, die Polja sogleich in den Tiefen ihres Schrankes verschwinden ließ, wo sie all ihre Süßigkeiten hortete. Wahrscheinlich lagerten die Vorräte dort seit den Achtzigern.

Oksana klickte sich noch ein bisschen durch das Forum, verteilte Rat, Zuspruch, Likes, Herzchen. Schließlich verharrte sie in der Rubrik »Wettbewerb«, wo die Userinnen Fotos der Lücke zwischen ihren Oberschenkeln posteten, konkave Bäuche zeigten und Bikini-Bridges – Hüftknochen, die so weit hervorstanden, dass das Bikinihöschen im Liegen eine Brücke über den Bauch bildete, ohne ihn zu berühren. Aktuell lief ein Fotowettbewerb, aus dem siegreich hervorging, wer am meisten Rubelmünzen in die Kuhle über dem Schlüsselbein füllen konnte – je dünner man war, desto mehr Münzen passten rein. Oksana kommentierte: »Wow, sieht wirklich gut aus!!!«, »Superschön, du Liebe!«, dann lud sie die Aufnahmen ihres Tapetenkleister-Puddings hoch, checkte ihre E-Mails – Lena schwieg nach ihrer einen dürren Nachricht schon wieder – und klappte den Laptop zu. Wenn sie Mammut im Innenhof abfangen wollte, bevor er an ihrer Haustür klingelte, musste sie sich langsam fertigmachen.

Als Oksana den Schrank öffnete, raschelte ihr das Spitzenkleid entgegen. Es hing seit Monaten dort, glamourös und luftig, und setzte Oksana unter Druck, ein aufregendes Leben zu haben. Sie probierte es an. Immerhin: Dank der Hefesuppe und der Überwachung durch die Admins (sie musste alle drei Tage neue Fettbilder schicken, plus ein Foto auf der Waage mit Gewichtsanzeige) ging der Reißverschluss des Kleides bis zur Hälfte zu. Die eingequetschte Haut auf dem Rücken quoll zwar über wie aufgegangener Teig, und Oksana musste den Schieber festhalten, damit der Reißverschluss nicht wieder aufging. Aber es war ein Fortschritt. Drei, vier Kilos noch, dann könnte sie den Zipper komplett zuziehen.

Nur gegen den unteren Teil ihres Körpers war die Diät machtlos. Während andere Userinnen Fotos von Oberschenkellücken posteten, die so groß waren, dass ganze Spielzeugeisenbahnen hindurchfahren könnten, schienen Oksanas Beine fast zusammengewachsen zu sein – wie bei Arielle, der Meerjungfrau, in einem Zwischenstadium ihrer Verwandlung in einen Menschen.

Oksana strich über das Kleid, als wäre es eine Katze, seufzte, zog es aus und nahm zwei Wollstrumpfhosen, eine schwarze Jeans und einen dicken Wollpullover aus dem Schrank. Der russische Winter war schließlich kein Catwalk.

Der Innenhof war verlassen, bis auf Aljoscha, den Achtjährigen aus dem dritten Stock. Er war in so viele Wollschichten gehüllt, dass er aussah wie eine Kohlroulade. Aljoscha malte hochkonzentriert mit einem Stock ein riesiges Smiley-Gesicht in den Schnee, hob dann den Stock auf Kopfhöhe und stach mehrmals auf den Schneesmiley ein: »Stirb! Stirb! Stirb!«, rief er dabei. Dann trampelte er den Schnee wieder glatt und begann von vorn.

»Was für'n Problem hat der denn?«, fragte Mammut, als er in den Innenhof bog. Er hatte sich schick gemacht, was in seinem Fall hieß: Er hatte sich aggressiv parfümiert und mit Bleichmittel ein paar blonde Strähnchen in seine roten Haare gefärbt. Auf seinem Scheitel saß eine dünne Strickmütze. In der Hand hielt er statt einer Rose einen mächtigen Eiszapfen.

»Blumen waren alle«, murmelte er, als er Oksanas Blick bemerkte. Oksana überlegte, ob sie den Zapfen an sich nehmen sollte, wie sie es mit einem Strauß getan hätte. Aber Mammut lief schon los, den Zapfen vor sich schwenkend wie einen Tambourstab.

Sie spazierten durch verschneite Straßen, vorbei an den fünfstöckigen Häusern der Chruschtschow-Ära, vorbei an den Plattenbauten mit ihren fernsehblauen Fenstern, ohne eine bestimmte Richtung oder ein Ziel. Es war auch vollkommen egal. Beide kannten die paar Straßen der Siedlung wie die fünf Finger an ihrer Hand. Den Pärchen, denen sie begegneten, ging es sicherlich genauso. Sie alle waren zu alt für Spielplätze, zu pleite, um nach Sankt Petersburg zu fahren, und zu jung für das »Auf Ex« – die einzige Kneipe der Siedlung, die tagsüber als Imbiss fungiert. Zu Hause drückten sich oft bis zu drei Generationen auf 60 Quadratmetern. Also musste in Bewegung angebandelt werden, mit kurzen Zwischenstopps auf der Parkbank.

Vor ihnen zogen zwei Kinder ihre Schlitten, und Oksana musste an den Zettel mit den Bibliotheksnotizen denken, der in ihrer Jeanstasche steckte.

Was Menschen auf Kinderschlitten im Blockadewinter transportierten, nachdem es keinen Strom mehr in der Stadt gab

und das Benzin ausgegangen war (also alle Trams, Busse und Autos stehen blieben):
- geraubte Holzschränke und andere Möbel (für die Öfen)
- Bücher (ebenso)
- Ziegel der zerbombten Gebäude, um Einschusslöcher im eigenen Haus zu stopfen
- Wasser aus der Newa nach Hause
- Kranke in die Krankenhäuser
- Tote auf den Friedhof
- Frauen schafften Männer fort (die starben zuerst wegen ihres geringeren Fettanteils)
- Kinder zogen ihre Eltern (sie überlebten ihre Mütter und Väter meist, weil die Eltern ihr ganzes Brot an ihre Söhne und Töchter weitergaben)

Als sie den Stadtpark erreichten, fing es an zu schneien – dicke, nasse Flocken, die ihre Haare, Augenbrauen und Wimpern sofort weiß färbten wie bei Ded Moroz. Mammut zog seine viel zu kleine Mütze tief in die Stirn. Es sah aus, als hätte er ein Kopfkondom übergezogen. Sie sprachen sich nicht ab, aber ihre Füße trugen sie synchron in Richtung des Hypermarkts, eines der größten Läden des Landes: ein roter Kasten, so groß wie ein Flughafenterminal, mit eigener Bushaltestelle und einem Parkplatz, auf dem locker halb Krylatowo Platz finden würde. Er gehörte zur »All right«-Kette und war der einzige Grund, warum irgendwer von außerhalb nach Krylatowo kam. Die Menschenmengen, die von den Bussen ausgespuckt wurden, ähnelten Reisegruppen – sie waren schläfrig von der langen Fahrt und zugleich so aufgekratzt, als ob es etwas zu verpassen gäbe. Manche hatten Fotoapparate dabei, manche leere blaue IKEA-Taschen. Auf der Rückfahrt passte nur die Hälfte der Passagiere in den Bus, so vollgeladen war er mit Klopapiervorratspackungen, Zimmerpflanzen und den rot-weißen Tüten mit dem Logo des Hypermarkts. Die Käufer sahen tatsächlich so erschöpft und erlebnissatt aus, als hätten sie eine Tagestour durch Paris hinter sich. Oft sah man sie die Tüten auf ihrem Schoß umklammern, ihren Kopf darauf ablegen und einschlafen.

Oksana ging in die fünfte Klasse, als der Hypermarkt gebaut wurde. Eine Woche nach der Eröffnung parkten vor allen Häusereingängen in Krylatowo rot-weiße Einkaufswagen, angebunden mit Seilen wie Pferde. Niemand konnte fassen, dass es einen Einkaufswagen schon zum Preis einer 5-Rubel-Münze gab. Die Menschen benutzten sie zum Gärtnern auf ihren Datschas oder fuhren damit Bauschutt zur Müllhalde. Eine Mutter funktionierte ihn sogar zum Kinderwagen um. Wer in Krylatowo wohnte, war in der Regel zu arm, seine Wocheneinkäufe bei »All right« zu erledigen. Die meisten schleppten schwere Tüten von Billigdiscountern aus Sankt Petersburg nach Hause. Milch und Brot kaufte man in Dadja Witjas Kiosk. Zu »All right« ging man nur, wenn alles andere geschlossen hatte. Oder man unternahm einen Wochenendausflug dorthin, bestaunte mit der ganzen Familie die zweihundert unterschiedlichen Joghurtsorten im Kühlregal und durfte sich am Ende einen aussuchen. Für Oksana war der Hypermarkt aufregender als jedes Museum. Allein das Aussprechen der Namen – Chutney, Bordeaux, Jamón – war wie ein Ausflug in ein fremdes Leben, in dem es Klimaanlagen gab und Weinreben an Häuserwänden wucherten wie Unkraut. Seit Lena weg war, war sie nicht mehr hier gewesen.

Sobald Oksana und Mammut hinter die automatischen Schiebetüren traten, kam ihnen eine Wand aus warmer, feuchter Luft entgegen, die nach Zuchtorchideen roch und nach den Tannen für die Neujahrsfeiern. Oksanas Nase fing sofort an zu laufen, und ihr Make-up begann sich in kleinen Rinnsalen aufzulösen. Auch Mammut zog seine Nase ständig hoch, aber immerhin hatte er unter Oksanas strengen Blicken noch kein einziges Mal auf den Boden gerotzt.

Sie liefen vorbei an den Regalen mit Knallern und bunten Feuerwerkskörpern, an Türmen aus Windelpackungen und Klopapier, vorbei an der Käseabteilung, wo seit den Sanktionen statt französischem Camembert und italienischem Mozzarella Käse aus Baschkiria und Samara auslag. In der Schnapsabteilung mit ihren über hundert Wodkasorten machte ein zwei Meter großes Poster mit Putin-Abbild Werbung für die neue Wodkamarke »Putinka Geländewagen«: »Für Jäger und Angler. Für echte Männer! Für Russland!« Wer eine Flasche der neuen Putinka kaufte, bekam 20 Prozent auf die anderen Sorten: »Putinka, die Sanfte« und »Putinka, die Klassische«.

In der Putzmittelabteilung machte ein korpulenter Kunde mittleren Alters gerade eine Panoramaaufnahme des Wasch- und Weichspülmittelregals mit seinem Smartphone, so konzentriert, als fotografierte er eine beeindruckende Bergschlucht.

»Sind Sie ein Waschmittelfan?«, fragte Mammut.

»Nee, meine Frau hat mich beauftragt, ihr das komplette Angebot per WhatsApp zu schicken«, sagte er. »Sie glaubt nicht, dass ich es schaffe, das Richtige auszusuchen.«

Oksana und Mammut wünschten ihm Glück und gingen weiter.

»Welche ist deine Lieblingsabteilung?«, fragte Mammut und zockte zwei Cracker mit Walnusskäse vom Probierteller (180 Kalorien). Es war einer der wenigen Sätze, die er herausbrachte, seit er sie abgeholt hatte. Seit er Oksana nicht mehr beleidigte, war er auffällig leise. Oft schien es, als sei er kurz davor, etwas Entscheidendes zu sagen, schluckte es dann aber doch im letzten Moment hinunter.

»Obst«, sagte Oksana, und sie bogen nach rechts zu den Lebensmitteln ab. Ihr Magen zog sich vor Hunger und Sehnsucht zusammen. Sie erinnerte sich daran, wie es war, all diese Regale mit Lena zu durchstöbern, all diese Produkte zu essen, ohne zu wissen, wie viele Kalorien sie hatten. Jetzt leuchtete permanent der Nährwert vor ihrem geistigen Auge auf, wie ein Gefahrenschild. Sie lehnte sich gegen Mammut, als könnte er sie davor beschützen, vor Brötchen, 310 Kalorien, Rosinenschnecken, 465 Kalorien, Croissants, 365 Kalorien, Salami, 336 Kalorien und Doktorwurst, 236 Kalorien.

Die teuersten Früchte waren in Vitrinen ausgelegt und so sorgfältig ausgeleuchtet wie in einem Juwelierladen. Von Zeit zu Zeit besprühten Miniaturduschen das Obst mit Wasser. »Bitte nicht anfassen« stand in großen Lettern auf einer Tafel. Die meisten Obstsorten waren so exotisch, dass Oksana ihren Nährwert nicht kannte. Mit Lena war sie früher mindestens einmal im Monat hergekommen. Wie beim Ausflug zum Botanischen Garten hatten sie abwechselnd die Namen auf den Preisschildern gegoogelt – Physalis, Durian, Kumquat – und nachgeschlagen, aus welchem Land die Früchte stammten und wie sie kultiviert wurden.

Seit sie dreizehn war, wünschte sich Oksana jedes Jahr zum Geburtstag etwas aus dieser Abteilung. Am hübschesten waren die Drachenfrüchte mit ihren grünlich-pink schimmernden Schuppen. Zu ihren sechzehnten Geburtstagen hatten sich Lena und Oksana jeweils eine geschenkt und sie ehrfürchtig eine Viertelstunde lang betrachtet, bevor sie auf YouTube nachschauten, wie man sie überhaupt aß.

Auch Mammut schienen es die Drachenfrüchte am meisten angetan zu haben. Er nahm eine in die Hand und täuschte einen Wurf an, als würde er American Football spielen.

»Vorsicht! Du machst ihr Druckstellen!«, rief Oksana und nahm ihm die Frucht aus der Hand.

»Die sieht aus wie ein Drachenei«, meinte Mammut.

»Heißt auch so ähnlich«, sagte Oksana. »Ich hab sie mal probiert.«

»Und?«

»Schmeckt ganz zart. Wie eine Gurke, nur süßer.«

Mammut warf einen Blick auf das Preisschild und pfiff durch die Zähne.

»Es gibt Leute, die 800 Rubel für eine gezuckerte Gurke bezahlen? Dafür könnte man drei Salamis kaufen.«

Mammut tatschte an den Mangos und Tamarillos herum, jonglierte mit fünf Litschis und ließ zwei davon in seiner Hosentasche verschwinden.

Oksana wog eine Frucht in ihrer Hand, die wie eine ledrige Artischocke aussah, aber nach Honig roch. »Cherimoya« las sie auf dem Preisschild. Es war eines der seltsamsten, schönsten Wörter, die sie je gehört hatte.

»Wenn ich mal eine Tochter haben sollte, werde ich sie Cherimoya nennen, wie diese Frucht.«

»Wenn ich mal eine Tochter haben sollte, werde ich sie Mercedes nennen. Wie das Auto.«

Oksana sah Mammut direkt in die Augen. Sein Gesicht war so simpel und vorhersehbar wie ein Weißkohl, mit simplen und vorhersehbaren Gedanken dahinter: Ball spielen. Salami. Auto.

»Ich glaube, ich muss langsam nach Hause«, sagte Oksana.

»Aber es ist nicht mal neun!«

»Strenger Vater«, log sie.

»Schade«, sagte Mammut, er wirkte ehrlich enttäuscht. »Können wir auf dem Rückweg wenigstens beim Hundefutter vorbeischauen?«

»Hast du einen Hund?«

»Nee. Deswegen ja. Ist meine Lieblingsabteilung.«

Die Haustierabteilung lag am anderen Ende des Supermarkts und verfügte über einen eigenen Eingang, weil die Kunden ihre Hunde dorthin mitbringen durften. Doggen, Dackel und Promenadenmischungen zerrten an den Leinen ihrer Besitzer, die in aller Ausführlichkeit die Zusammensetzung des Hundefutters studierten, das gerade im Angebot war. Im Herzen der Abteilung hatten die Mitarbeiter des Hypermarkts Hunderte Futterdosen zu einem mannshohen Hundekopf aufgetürmt: »Perlhuhn« stand auf einer Dose, »Yorkshire Pie«, »Atlantischer Lachs«, »ohne Gluten« auf anderen.

In was für einer Welt leben wir eigentlich? dachte Oksana. Man servierte Hunden Lachs, während sie sich freiwillig von Tapetenkleister-Pudding ernährte.

»Hast du schon mal Yorkshire Pie probiert? Oder Gluten?«, fragte Oksana.

Aber Mammut war völlig vertieft in den Anblick eines

schwarzen Dobermanns, der an einem Plastikknochen nagte. Er hätte bestimmt häutige Flügel mit schwarzen Verläufen, überlegte Oksana, und stellte sich vor, wie er Anlauf nahm, ein paar Mal mit den Flügeln schlug, dabei die Werbeflyer für Hundekekse aufwirbelte, vom Boden abhob und über den Regalen schwebte.

»Hast du was gesagt?«, fragte Mammut.

»Nicht so wichtig.«

»So einen hätte ich gern«, sagte er mit einem Nicken in Richtung des Dobermanns.

»Ich nicht«, sagte Oksana. »Neben dem würde ich aussehen wie eine Tonne.«

»Du? Eine Tonne?«, rief Mammut und scannte sie von Kopf bis Fuß, als sähe er sie zum ersten Mal.

»Ach, komm, du hast doch selbst ständig gesagt: Oksanas Riesenarsch hier, Oksanas Riesenarsch dort.«

»Na, irgendwas musste ich ja sagen«, erwiderte er. »Gab ja sonst nichts, so vom Gesprächsstoff her.« Er zog ein Halsband aus einem Ausverkaufskorb, ließ es durch seine Finger gleiten, legte es wieder zurück, räusperte sich. »Schau mal, all die Hunde hier. Es gibt große und kleine, dürre und flauschige. Und jeder von ihnen hat jemanden, der ihn für den Besten hält.« Dann lief er schweigend zum Ausgang, unsichtbare Steinchen unter seinen Füßen wegkickend.

Draußen schneite es in einem hässlichen Winkel, der Schnee trieb ihnen direkt ins Gesicht. Mammut hob schützend seinen linken Arm, um die Flocken abzuwehren, den rechten legte er um Oksana. Es war angenehmer, als sie erwartet hätte. Sie bildete sich ein, seine Körperwärme durch ihre zwei Winterjacken hindurch zu spüren. Diese Wärme und sein Atem an ihrem linken Ohr ließ sie an große, liebe Tiere denken, Pferde vielleicht, oder Kühe.

»Schließ die Augen«, sagte er, als sie vor ihrer Haustür angelangt waren.

Kommt jetzt doch noch das ganze Programm?, dachte Oksana. Die eiskalten Lippen, die Hände unter der Jacke?

»Ich muss mich beeilen«, sagte sie.

»Schließ die Augen und strecke die Hand aus.«

»Es ist wirklich spät«, sagte Oksana, streckte ihm gleichzeitig aber eine Hand entgegen.

Sie spürte etwas Großes, so schwer, dass sie es vor Überraschung fast fallen ließ. Sie schlug die Augen auf. Eine Cherimoya.

Sie war warm und roch ein bisschen nach Mammuts Deo. Wahrscheinlich hatte er sie unter seiner Jacke getragen.

»Tschüs dann«, sagte er, noch bevor Oksana sich bedanken konnte, salutierte generalhaft und verschwand im nächsten Moment hinter der Hausecke.

KAPITEL 8

LENA

DAMPF

Nachdem sie das Restaurant verlassen hatten, fuhr Steve sie nach Hause. Vor der Eingangstür schaltete er den Motor ab, legte seinen Zeigefinger an Lenas Kinn, drehte ihr Gesicht ins Licht und musterte es wie ein Arzt, der einen potentiell krebserregenden Leberfleck ins Visier nimmt.

»Also, du bist nicht die Sorte Schönheit, mit der man für Margarine werben kann«, sagte er. »Aber du bist groß und ausreichend unterernährt, und dein Gesicht sieht angenehm nach nichts aus.«

Lena wusste nicht, ob das ein Kompliment war, und schwieg vorsichtshalber.

»Ich könnte ein paar mehr Bilder für dein Portfolio schießen, dich ein paar Leuten vorstellen.«

»Du weißt, dass ich erst meine Schulden bei der Agentur begleichen muss ...«

»Denk erst mal nicht ans Geld. Ich sehe es als eine Investition.«

Er sah sie lange an. Sie beugte sich vor und drückte ihre Lippen auf seine. Es war besser, selbst den ersten Schritt zu machen, fand sie. Es fühlte sich so an, als hätte man eine Wahl gehabt.

Steves Zunge fühlte sich rau und riesig an, und Lena musste an die gekochte Rinderzunge denken, an der sie Küssen geübt hatte. Ihre Mutter hatte sie zum Abkühlen auf ein Holzbrett gelegt. Lena, damals zehn, hatte gerade in einem Frauenromans über Zungenküsse gelesen und fand die Vorstellung so absurd, dass sie unbedingt wissen wollte, wie es sich anfühlte. Sobald die Mutter zum Einkaufen aus der Tür war und die Rinderzunge sich auf menschliche Temperatur abgekühlt hatte, nahm Lena die Spitze in den Mund und bewegte sie ein bisschen hin und her. Das Einzige, was sie dabei empfand, war ein leichter Brechreiz und die Lust, in diese fremde Zunge hineinzubeißen.

Mit Steves Zunge verhielt es sich ähnlich.

Er hatte die Augen geschlossen, auch nachdem der Kuss vorüber war, als wollte er ihn in seinem Kopf noch ein wenig verlängern. Er schmatzte selig, wie ein zufriedenes, hässliches Baby und fuhr sich mit dem Rücken seiner linken Hand über den Mund, als wischte er sich den Milchschaum eines Cappuccino von den Lippen.

»Ich gehe morgen Abend mit ein paar Fotografen in die Sauna«, sagte er. »Könnte nützlich für dich sein. Gegen neun Uhr. Wenn du willst, hole ich dich nach deinem letzten Casting ab.«

»U-hum.«

»Ich schick dir die Adresse«, sagte Steve und küsste sie zum Abschied noch einmal.

Zu Hause putzte Lena sich die Zähne so gründlich, wie ein Zooangestellter einen Tierkäfig reinigte. Danach ging es ihr besser. Die Geräusche und Gerüche, die ihr entgegenschlugen, sobald sie über die Schwelle des Apartments trat, entspannten sie. So schäbig die Wohnung auch war mit ihrem tamponverstopften Klo und dem Schimmel in der Küche – Lena freute sich jedes Mal, in diese Mädchenhöhle zurückzukehren, auch wenn sie stets nach Haarspray und Kokosnusslotion roch, ihr Teppich übersät war mit Haarklammern und plattgetretenen Kaugummis und die Regale vollstanden mit leeren Dosen zuckerfreier Energiedrinks.

Um 20 Uhr rief Rafik die Wohnungsbelegschaft zum wöchentlichen Gesundheitscheck zusammen. Er befragte jede Einzelne zu ihrem Stuhlgang, schaute ihnen in den Rachen, tastete ihre Brüste ab, nahm ihre Maße und wog sie.

Ljudmila, die vor dem Wiegen immer zwei Tage lang hungerte und dennoch oft ihr Gewichtsziel nicht erreichte, stieg diesmal glücklich von der Waage. »51«, sagte Rafik. »Gut!« Und kniff sie trotzdem erst in die weiche Haut an ihrem Oberarm, dann in das kaum vorhandene Röllchen über ihrem Hüftknochen. »Mach das weg«, zischte er, und Lena wusste: Nun würde Ljudmila wieder kotzen und für den Rest der Woche »Nachtshootings« haben.

»Wo warst du heute Abend?«, fragte er Lena, als sie an der Reihe war.

»Abendessen mit Steve. Diesem amerikanisch-chinesischen Fotografen vom Pyjamashooting.«

»Der ist in den Nullerjahren groß gewesen«, sagte Rafik. »Bevor er mit dem Trinken anfing. Na, schaden kann's nicht. Ein wahres Talent kann man nicht versaufen, heißt es … T-Shirt aus, Hände hoch!«

Lena zog sich das Shirt über den Kopf und spuckte dabei in ihre Handfläche. Als Rafik sich hinunterbeugte, um den Umfang ihrer Taille zu messen, verteilte sie eine große Ladung Spucke auf seiner festgelackten Frisur.

Ljudmila hatte den Raum schon verlassen und bekam die Racheaktion nicht mehr mit. Aber aus den Augenwinkeln beobachtete Lena, wie Alima und Amanda sich die Hände vor den Mund hielten, um ihr Kichern zu unterdrücken.

Als Rafik endlich gegangen war, bahnte sich ein kleines Fest an: Gabriela würde am nächsten Morgen nach Brasilien fliegen. Sie hatte es geschafft, in ihr Heimatdorf zurückgeschickt zu werden – pünktlich zur Maniokernte. Zur Feier des Tages stellte sie eine Flasche Sekt auf den Tisch und ein paar Kekse. Amanda spendierte ein Päckchen getrockneter Früchte, ein Gruß aus ihrer Heimat, und Alima einen Karton voll billiger chinesischer Schokoriegel, den sie nach ihrem Shooting für eine chinesische Süßwarenmarke bekommen hatte.

Während Gabriela den Sekt auf die Teetassen verteilte, plapperte sie für vier – ein Kontrastprogramm zu den vergangenen Wochen. Lena konnte nicht fassen, wie jemand die Chance seines Lebens so wegschmeißen konnte. Sie fand, dass Gabriela die Hübscheste im Apartment war. Von ihnen allen kam sie einem *Commercial girl* am nächsten – einem klassischen Werbegesicht für Zahnpasta und Haarshampoo. Gabriela hatte wunderschöne Zähne und das weizenblonde Haar ihrer deutschen Vorfahren, die Jahrhunderte zuvor in den Süden Brasiliens ausgewandert waren. Ihr Zopf war so dick wie Lenas Handgelenk. Es war eine Verschwendung, wirklich.

Aber Ljudmila hatte Lena erzählt, dass sie schon viele Brasilianerinnen hatte kommen und gehen sehen: Sie waren schön, aber anfällig für Heimweh und im Vergleich zu Osteuropäerinnen weniger bereit, die Arschbacken zusammenzukneifen. In ihrem Land lebte es sich anscheinend nicht schlecht genug. Die meisten Mädchen zogen die brasilianische Armut dem Modelapartment vor.

Der Kühlschrank war zwei Tage zuvor kaputtgegangen, also tranken sie den Sekt warm. Amandas Trockenfrüchte schmeckten staubig und die chinesische Schokolade wie gezuckertes Wachs, aber das trübte die Stimmung nicht im Geringsten. Sogar Ljudmila, die meistens auf ein Dessert verzichtete und stattdessen Vanilleessenz schnüffelte, um den Hunger auf Süßes zu vertreiben, langte zu. Warum auch nicht, dachte Lena, wenn sie später ohnehin alles erbrach, was sie aß, war es egal.

Die Mädchen hatten zum Abschied einen Rosenstrauß für Gabriela gekauft, was beim zweiten Nachdenken dämlich war, da sie ihn nicht mit ins Flugzeug nehmen konnte. Aber Gabriela freute sich trotzdem.

»Duftet so schön«, sagte sie. »Wie Haarspülung.«

»Wann kommt eigentlich die Neue?«, fragte Lena.

»Nächsten Dienstag«, antwortete Katarzyna. »Eine Weißrussin. Ich glaube, sie ist vierzehn oder so. Zieht euch mal den Namen rein: Ksenija Titok.«

»Hört sich an wie eine Pornodarstellerin«, sagte Lena, die wenig Lust auf Konkurrenz aus Osteuropa hatte.

»Ja, aber so eine für Edelpornos, keine, die Gangbang-Szenen dreht.« Katarzyna lachte.

Lena lachte mit. Es sollte bloß keiner mitbekommen, wie vage ihre Vorstellung von einem Gangbang war. Obwohl die Erwähnung von »Nachtshootings« und »Afterhours« sie mit Horror erfüllten, beneidete sie die anderen manchmal um ihr Sexwissen. Als gehörten sie zu einem Club der Eingeweihten, zu dem sie bisher keinen Zugang hatte.

Außer Ljudmila betrachtete sie zwar keine ihrer Mitbewohnerinnen als wirkliche Freundin. Aber sie alle verband eine stickige Nähe, wie sie zwischen Menschen entsteht, die Mahlzeiten, Klamotten und Sorgen teilen, die um dieselben Jobs kämpfen, die zusammen aufstehen und wieder zu Bett gehen. Ihre WG erinnerte Lena an die riesigen Haarklumpen im Duschabfluss des Apartments: Ljudmilas und Gabrielas helle Haare, vermischt mit den schwarzen von Alima und den Zwillingen, den braunen von Katarzyna und Amanda und ihrem eigenen Straßenköterblond. Widerlich. Unzertrennlich.

Die Sektflasche war schnell geleert. Die Mädchen, euphorisch vom warmen Sekt und billigen Zucker, kramten die streng verbotenen Zigaretten und Gruselgeschichten über Modelkolleginnen hervor, die sich die Backenzähne herausreißen ließen, damit ihr Gesicht dünner aussah. Oder die zu dick geworden waren und in die Türkei geschickt wurden, wo Models ab Größe 38 Arbeit fanden.

Ljudmila hatte die Küche verlassen, so unauffällig, dass Lena ihre Abwesenheit erst bemerkte, als sie mehrmals hintereinander das Geräusch der Klospülung hörte. Lena wusste inzwischen, dass sie damit ihr Würgen übertönen wollte. Und es klappte tatsächlich: Die anderen Mädchen bekamen nicht mit, wie sie sich erbrach – oder wollten es nicht mitbekommen.

Lena war seit zwei Wochen Ljudmilas Kotz-Komplizin. Damals war sie nachts mit einer vollen Blase aufgewacht, hatte Ljudmilas Bett leer vorgefunden und die Toilettentür verschlossen. Dahinter rauschte das Wasser. Lena hämmerte so laut und lange gegen die Tür, dass Ljudmila aufmachen musste, damit sie die anderen nicht weckten. Ein säuerlicher Geruch schlug Lena entgegen, der sie an Nächte erinnerte, die ihr besoffener Vater über der Kloschüssel verbracht hatte. Auf Ljudmilas Schlafshirt entdeckte sie einen amöbenhaften gelblichen Fleck. Lena tat in jener Nacht, was nach ihrer Meinung echte Freundinnen in einer solchen Situation zu tun hatten: Sie stellte keine Nachfragen, holte ein Glas warmes Wasser, um Ljudmila das Kotzen zu erleichtern, und hielt ihr die Haare.

Auch diesmal goss Lena warmes Wasser in ihre Sekttasse und klopfte zwei Mal lang, drei Mal kurz an die Tür. Die Toilettenspülung rauschte, dann drehte sich der Schlüssel im Schloss, und Ljudmilas waschbäräugiges Gesicht erschien im Türspalt. Es war bleich, die Wimperntusche um die Augen verschmiert von den Tränen, die ihr beim Würgen gekommen waren.

»Komm, schnell«, flüsterte sie, leerte das Glas mit dem warmen Wasser in einem Zug, kniete sich wieder vor die Schüssel, aber nichts geschah.

»Kick mich in den Magen«, sagte sie nach fünf Minuten.

»Wie bitte?«, fragte Lena entsetzt.

»Rechts über den Bauchnabel. Ungefähr hier.«

»Spinnst du?«

»Der letzte Rest kommt sonst nicht raus.«

»Nein!«

»Bitte.«

»Ich kann nicht.«

»Ich würde dasselbe für dich tun.«

»Ich kann nicht.«

»Bitte.«

Lenas Fußspitze traf auf etwas Hartes. Ljudmila

krümmte sich. War es möglich, dass sie ihr mit dem Tritt die Rippen gebrochen hatte und sich selbst den Fuß?

»Fester.«

Noch mal.

»Noch fester.«

Und wieder.

Beim fünften Mal spie Ljudmila endlich etwas Flüssigkeit, eine von Galle und Schokolade gelb-bräunliche Pfütze. Danach legte sie ihren Kopf auf dem Fußteppich vor der Kloschüssel ab, auf dem sie kniete. Die Pose erinnerte Lena an Yoga und gleichzeitig an die Bettler vor der U-Bahn. Ljudmila verharrte zwei Minuten so, ohne etwas zu sagen. Dann schminkte sie sich ab und putzte sich die Zähne, als sei es eine ganz gewöhnliche Badschicht.

Zusammen gingen sie in ihr dunkles Zimmer, während die anderen noch mit Gabriela in der Küche lachten. Ohne das Licht einzuschalten, streiften sie schweigend ihre Schlafshirts über, obwohl es nicht einmal 21 Uhr 30 war. Ljudmila rollte sich fest in die Decke ein, wie ein übergroßes Schawarma, und drehte sich zur Wand.

Als Lena in der Nacht aufwachte, lag Ljudmila nicht in ihrem Bett. Wahrscheinlich war sie zu einem »Nachtshooting« abgeholt worden. Lena starrte die zerwühlte Bettwäsche an und hörte der Wanduhr beim Ticken zu.

Auch ihre Zeit lief ab, selbst wenn sie erst sechzehn war. Überall auf der Welt warteten vierzehnjährige Ksenija Titoks mit frischen Gesichtern und vorpubertären Körpern darauf, ihren Platz einzunehmen. Wer keine Initiative ergriff, war bald kein Model mehr, das ab und an auf Afterpartys arbeitete, sondern eine Nutte, die manchmal vor der Kamera stand.

Sie, Lena, hatte also alles richtig gemacht. Aber Gott, warum musste es eine Sauna sein! Sie hasste es, in die Sauna zu gehen. Es erinnerte sie an all die Sommer in Krylatowo, in denen das Wasser wochenlang wegen Wartungsarbeiten abgestellt wurde und sämtliche Bewohner zur einzigen öffentlichen Banja der Siedlung pilgerten, um sich zu waschen. Ständig war man umgeben von Menschen, die man auf keinen Fall nackt sehen wollte – der Barfrau aus dem »Auf Ex« mit den monströsen Hupen oder der Geographielehrerin mit dem Nagelpilz. Lena hatte jede einzelne Minute gehasst, die sie dort verbringen musste. Bei Hitze wurde ihr außerdem schnell schwindelig. Sie dachte an Steves dicken Hintern und all die anderen mittelalten, teigigen Männer.

Wie viele Sechzehnjährige auf dieser Welt würden für eine solche Chance töten?

Am nächsten Abend, nach dem letzten Casting, stand Steves gelber Honda vor dem Gebäudeausgang. Amanda und Ljudmila johlten anerkennend.

»Um Rafik mach dir keine Sorgen. Alles geklärt«, sagte er, tätschelte ihr den Oberschenkel und ließ seine Hand dort ruhen. Während der Fahrt arbeitete sich die Hand immer weiter nach oben vor. Lena tat so, als würde sie es nicht bemerken, plauderte möglichst fröhlich und hoffte, dass sie ihr Ziel bald erreichten. Fünf Zentimeter vor ihrer Unterhose kam das Auto vor einem Gebäude mit dampfendem Schornstein zum Stehen.

Die Sauna hatte mit der Banja von Krylatowo genauso viel zu tun wie eine öffentliche Toilette mit einem Luxus-Spa. Am Eingang begrüßte sie eine Chinesin mit professioneller Herzlichkeit und drückte ihr das größte und flauschigste Handtuch in die Hand, das Lena jemals berührt hatte. Während sie in der Umkleidekabine die Leggings von ihren Beinen streifte, fragte sie sich, ob dieses Handtuch teurer war als alles andere, was sie am Leib trug.

Sie wickelte sich darin ein, atmete tief durch, mehrmals hintereinander, und stieß die Tür zu dem Raum auf, den Steve mit seinen Freunden gemietet hatte. Ein Dutzend Männer fläzten auf den Liegen: die Europäer rosig wie rohe Putensteaks, die Chinesen nassgeschwitzt, als hätten sie zu schmelzen begonnen. Ein Mann, glatzköpfig wie eine Kirchenkuppel, saß mit gespreizten Beinen da. Lena sah kurz seine Eier unter dem Handtuch hervorblitzen und musste an Kiwis denken.

Die Männer nippten an Cocktails und fummelten faul an Mädchen, die kaum älter als Lena waren. Sie waren weder besonders alt noch außergewöhnlich hässlich, aber die glatten Teenagerkörper ihrer Begleiterinnen ließen ihre weichen Oberschenkel und schlaffen Ärsche grotesk erscheinen. Die Beutel ihrer Doppelkinne erinnerten Lena an exotische Reptile.

Lena winkte in die Runde, sagte »Hello, I'm Lena«, doch niemand schenkte ihr große Aufmerksamkeit. Sie setzte sich auf die Kante einer Liege, wusste nicht, wohin mit ihren Händen ohne Smartphone, und war fast erleichtert, als Steve aus einer der Saunakabinen heraustrat. Er trug nur ein winziges Handtuch um die Hüften. Seine Brusthaare waren, anders als die auf dem Kopf, grau. Er hatte den Körper einer Familienmutter – die Schultern schmal, die Hüften ausladend, leichte Zellulitis an den Oberschenkeln. Er legte seinen schweißfeuchten Arm um Lena und hob mit dem anderen zu einer ausschweifenden Bewegung an, die den ganzen Raum umspannte: »Das«, sagte er, »sind die besten Fotografen der Stadt.« Lena wusste, dass es pure Angeberei war, fühlte sich aber trotzdem eingeschüchtert.

»Und das ist der beste Whiskey, den du in China kriegen wirst.« Steve drückte ihr einen Flachmann in die Hand.

Lena fand, dass der erste Schluck nicht anders schmeckte als der Schnaps, den Oksanas Vater braute. Der zweite war besser. Es war das Erwachsenste, das sie jemals getrunken hatte, und sie tat so, als würde sie es mögen, bis es ihr tatsächlich schmeckte.

Als der Flachmann leer war, gingen sie hinüber zum Dampfbad. Lena wackelte mit den Hüften. Sie wusste inzwischen, welche Wirkung das auf Männer hatte. Es war, wie mit einem Würstchen vor dem Hund zu wedeln. Niemand war gern ein Würstchen. Aber es war zumindest eine Illusion von Macht.

Steve hängte sein Handtuch an den Haken vor der Glastür und nahm Lena ihres ab – »wird sonst nass«. Sie musste sich zwingen, ihren Schambereich nicht mit den Händen zu bedecken, und war dankbar für die feuchte Dunkelheit der Kabine. Schemenhaft erkannte sie zwei Männer, die bereits dort saßen. Der eine knetete der Frau auf seinem Schoß so geistesabwesend die Brüste, als wollte er bloß seine Hände beschäftigen, während er mit seinem Kumpel sprach. Die Frau sagte nichts, sondern starrte vor sich hin, als ginge sie das Ganze nur wenig an.

Steve saß mit geschlossenen Augen da, die Hände über seinen Bauch gefaltet. Mit nackten Menschen in einem kleinen Raum voll Dampf zu sitzen, fühlte sich eher kulinarisch als sexuell an, fand Lena. Sie dachte darüber nach, dass auch das Saunavokabular an Kochbücher erinnerte – Dampfbad, Kältebecken, Aufguss –, und plötzlich spürte sie Übelkeit aufsteigen. Die Luft fing an zu wabern. Der bittere Geschmack von Whiskey und der Fischsuppe, die sie am Mittag gegessen hatte, stieß ihr auf. Sie wollte raus, hatte aber Angst, dass sie umkippte, sobald sie sich von der Bank, auf der sie saß, löste. Oder, noch schlimmer, dass sie sich übergeben musste. Zentimeter um Zentimeter rutschte sie vor bis zum Ausgang, zog sich am Griff der Tür hoch und stieß sie auf.

Lena fühlte sich leichenblass und war überrascht, als ihr aus dem Spiegel vor dem Dampfbad ein rosiges, hitzegerötetes Gesicht entgegenblickte. Sie setzte sich auf eine Bank und konzentrierte sich darauf, nicht zu kotzen. Wie durch ein Wunder gehorchte ihr Magen. Als Steve sich wenig später neben sie setzte, war sie sogar imstande, ihn anzulächeln.

»Sorry«, sagte sie. »Manchmal vertrage ich die Hitze schlecht.«

»Brauchst du Wasser? Oder noch einen Drink?«, fragte er und besorgte ihr von der Bar eine Wasserflasche und einen neonfarbenen Cocktail mit Obstdeko. Sie nahm ein paar Schlucke Wasser und nippte dann an dem Cocktail. Er schmeckte süß, kaum nach Alkohol, und weil sie sich daran erinnerte, dass Zucker half, wenn man sich schwach fühlte, trank sie ihn in kleinen Schlucken aus, wie Medizin.

Danach fühlte sie sich tatsächlich etwas besser. Der Raum drehte sich zwar weiter, und auch die Übelkeit hatte zugenommen, aber sie fürchtete nicht mehr, jede Sekunde umzukippen.

»Geht's besser?«, fragte Steve.

Sie nickte. Er strich ihr über die Haare.

»Du sagst Bescheid, wenn etwas nicht in Ordnung ist, ja?«

Sie nickte wieder. Plötzlich wurde ihr bewusst, wie viel sie in Steves Anwesenheit nickte. Als er sie küsste, schmiegte sie sich an ihn, dankbar, Halt zu finden – sein birnenförmiger, stämmiger Körper war ein Anker in dem wankenden Raum. Als Steve zur finnischen Sauna ging, folgte sie ihm. Der Gedanke, sich in einer knapp 100 Grad heißen Kammer aufzuhalten, erschien ihr weniger schlimm, als allein und halbnackt in der Lobby zwischen fremden Männern zu sitzen, die sie kaum mehr beachteten als einen Einrichtungsgegenstand.

Sobald sich die Tür der finnischen Sauna hinter ihnen schloss, begann das Elend von neuem. Doch sie beschloss, fünf Minuten auszuharren und danach in das Becken mit dem Eiswasser zu springen, um wieder in die Spur zu kommen. Sie legte ihren Kopf an Steves Schulter ab und schloss die Augen.

»Lena?«, hörte sie Steve sagen. »Lena?« Seine Stimme drang aus weiter Ferne zu ihr, als säße sie auf dem Grund eines tiefen Brunnens. »Lass uns rausgehen.«

Er half ihr aus dem Saunaraum und führte sie zu einer Liege.

»Alles okay«, sagte sie.

»Siehst nicht so aus«, meinte er. »Ruh dich kurz aus, dann fahre ich dich heim.«

Während Steve seinen Saunagang beendete, starrte Lena die weiße Decke an, an der es absolut nichts zu sehen gab. Als Steve wiederkam – eine halbe Stunde später? Oder eine ganze Stunde? Fünf Minuten? –, zog sie ihn zu sich heran.

»Na, na«, sagte er und lachte. »Ich bin nassgeschwitzt.«

Am nächsten Tag konnte Lena sich nicht daran erinnern, wie sie sich geduscht, ihre Klamotten übergestreift und das Handtuch zurückgegeben hatte, nur daran, dass es erstaunlich problemlos gelaufen war. Kaum hatte Steve den Motor gestartet, war sie in eine Art Dämmerschlaf gefallen, aus dem sie erst erwachte, als das Auto vor einem ihr unbekannten Apartmentkomplex hielt. Hatte Steve sie gefragt, ob sie mit zu ihm wollte?

Sie wusste es nicht mehr. Sein Apartment wirkte leer und voll zugleich, nirgends Vorhänge und Bilder an den Wänden, überall auf dem Boden Fotoequipment, Gerätekartons, Tassen, Klamotten, Papiertüten. Steve fegte mit der Hand ein paar Magazine vom Sofa und legte Lena dort ab. Bald spürte sie seinen Körper auf ihrem, seine trockenen, warmen Lippen. Wie von einem Pony, dachte Lena, wenn es einen Apfel aus der Hand frisst. Es war nicht unangenehm, zumindest angenehmer als die Zungenküsse im Auto, und sie war froh, einfach nur dazuliegen und die Augen schließen zu dürfen.

Aber als Steves Kopf weiter nach unten wanderte, war sie plötzlich hellwach. Seine Lippen saugten an ihren Nippeln, bis sie schmerzten. Dann streifte er ihr die Strumpfhose zusammen mit der Unterhose von den Beinen und presste seinen Mund zwischen ihre Schenkel. Es fühlte sich an wie eine medizinische Prozedur, die so erniedrigend war, dass Lena am liebsten geweint hätte. Aber sie hatte gehört, dass man Männern, die so etwas tun, dankbar sein musste, also zwang sie sich dazu, die Beine nicht zu schließen, kniff die Augen zu und gab Laute von sich, die sie aus YouPorn-Videos kannte.

Sie war erleichtert, als er sie auf den Bauch drehte. Sie presste ihren Körper in das Sofa, so fest, dass sie die

Brotkrümel auf der Haut spüren konnte. Sie hörte das metallische Klirren einer Gürtelschnalle, das Öffnen eines Reißverschlusses. Dann – nichts. Sie nahm eine Bewegung hinter ihr wahr, ein Vor und Zurück, immer schneller, Steves Keuchen immer gehetzter. Schließlich das Knistern einer Folie.

Sie drückte ihre Fäuste fester in das Sofakissen, während Steve hilflos herumstocherte, unfähig, in sie einzudringen, gegen ihre Innenschenkel stieß, gegen den Damm und ins Leere, bis sein Schwanz sich nicht mehr hart anfühlte. Lena spürte seinen Atem auf ihrem Rücken, ein Schnauben, sie hatte Angst, dass er sie nie wieder sehen wollte, weil sie ihm den Saunaabend versaut hatte und jetzt auch noch den Sex.

Also griff sie unter ihren Körper hin zu seinem Schwanz, führte ihn an die richtige Stelle und biss sich auf die Unterlippe.

Als Steve auf ihr kollabierte, dankbar, fast zu Tränen gerührt, starrte Lena auf das benutzte Kondom, das auf dem Boden lag wie eine tote Qualle, und fragte sich, wie, um Himmels willen, Menschen diese Dinge mit jemandem tun konnten, den sie liebten. Sie dachte: Männer haben so einen verzweifelten Blick, wenn sie kommen. Sie dachte an die Geräusche, die sie als Kind aus dem Zimmer ihrer Eltern gehört hatte. Gaben alle Frauen auf der Welt nur vor, es zu mögen? Oder entwickelte man irgendwann einen Geschmack dafür wie für Oliven?

Steve umklammerte sie von hinten und legte ein angewinkeltes Bein auf ihr ab, als ob er Angst hatte, dass sie sonst fliehen würde. Sie konnte nicht schlafen, obwohl ihre Gedanken für lange, hässliche Abschnitte inkohärent wurden. Als es zu dämmern begann, gab sie das

Schlafen auf, legte ihr Ohr an Steves Brust, so wie sie es immer bei Oksana machte, und lauschte dem Rhythmus seines Herzschlags. Er drückte sie fest an sich, murmelte etwas auf Chinesisch. Im Morgenlicht sah sein Gesicht entspannt aus. Lena guckte zu, wie er mit den Lippen schmatzte und schon wieder aussah wie ein hässliches Neugeborenes. Sie spürte keinen Ekel mehr, keinen Hass. Nur Mitleid. Und Macht.

KAPITEL 9

OKSANA

JANUAR

Vor dem Fenster lief ein Sarg auf acht Beinen, dahinter eine Trauerprozession. Oksana öffnete das Fenster und lehnte sich hinaus, um sie aus der Nähe zu betrachten, obwohl sie wusste, wie dämlich das war. Das Außenthermometer zeigte minus 25 Grad, ihr Fiebermesser 39,1.

Seit dem Vortag lag sie mit einer Magen-Darm-Grippe im Bett. Vielleicht war auch das Abendessen aus gebratenem Leder und Buchkleber-Püree schuld. Kotzen, Durchfall, Kotzen, und dann von vorn. Zum ersten Mal musste sie nicht schummeln, als sie die Fotos für die Admins machte. Dafür fühlte sie sich so schwach, dass sie kaum eine Seite umblättern konnte. Besonders ärgerlich war, dass sie in der Schule ausgerechnet an diesem Tag frostfrei hatten. Was für eine Verschwendung, krank zu sein! Das letzte Mal, dass die Schüler zu Hause bleiben durften, weil die Temperaturen unter minus zwanzig gefallen waren, war acht Jahre her.

Der Frost zwickte Oksana ins Gesicht. Der Wind wehte einen Trauermarsch herbei. Die meisten Menschen, die an der Prozession teilnahmen, waren Rentner – und der Tote war bestimmt ein alter Mann. »Hör auf zu spinnen«, sagte Oksana laut zu sich selbst und schloss das Fenster wieder. *Dünner* war bereits eine Woche zuvor beerdigt worden, und zwar am anderen Ende von Russland, in Omsk. Die Prozession vor ihrem Fenster hatte nichts mit ihr zu tun.

Dünner war kurz nach den Neujahrsfeiertagen gestorben, das Forum hatte davon allerdings erst zwei Wochen später erfahren. Als ihre allmorgendlichen Gewichts-Updates ausblieben, dachten zunächst alle: Internetverbot. Das passierte manchmal, wenn die Eltern irgendwann eine Verbindung zwischen dem Untergewicht ihrer Töchter und der Zeit, die sie vor dem Rechner verbrachten, herstellten. Es war eine grausame Maßnahme – der Hausarrest des 21. Jahrhunderts –, aber noch kein Grund zur Beunruhigung.

Meistens gelang es den Userinnen, sich spätestens nach ein paar Tagen über das Smartphone einer Freundin oder das WLAN eines Cafés einzuloggen, um Bescheid zu sagen, dass sie eine »Internetdiät« machen mussten. Ernährungsklinik war schlimmer – all das Hungern, all das Kleisteressen umsonst. Aber bisher hatte niemand *leningrad-diet.ru* verraten – oder zumindest hatte sich noch kein Elternteil darum bemüht, die Domain sperren zu lassen.

Als *Dünner,* die sonst täglich an die 100 Posts schrieb, sich auch nach einer Woche nicht zu Wort meldete, wurde im Forumthread »Vermisst gemeldet« diskutiert, wie man weiter vorgehen sollte. Schließlich wurde beschlossen, dass *Red_Star* – eine eher nervige Userin, die in einem Vorort von Omsk wohnte – bei *Dünner* vorbeifuhr. Sie kannten sich nicht persönlich, Real-Life-Freundschaften waren in dem Forum selten, einerseits, weil die Userinnen über ganz Russland verstreut lebten, anderseits, weil die Forumsregeln es verboten.

Abgesehen von den mysteriösen Admins, die einem das Passwort zuschickten, kannte niemand im Forum die bürgerlichen Namen der anderen. Adressen auszutauschen war nicht erlaubt. Ob diese Geheimhaltungsmaßnahmen wirklich nötig waren, sei dahingestellt, aber sie wollten kein Risiko eingehen – und es war auch aufregend, sich als Teil eines geheimen Netzwerks zu fühlen.

Es waren die Admins selbst, die *Dünners* Adresse an *Red_Star* schickten, mit der Bitte, herauszufinden, was los war. An einem Samstag fuhr sie hin, mit dem Plan, sich als eine Schulkameradin auszugeben. Niemand öffnete ihr die Tür. Aber die allwissenden Ömchen auf der Bank vor dem Haus überboten sich mit Details der Beerdigung, froh, einen so dankbaren Zuhörer gefunden zu haben: »Sie hat sich so runtergehungert, dass ein Kindersarg ausreichte.« – »Wo haben die Eltern bloß hingeschaut?« – »Keine dreißig Kilo hat sie am Ende gewogen.«

Der Tag, an dem *Red_Star* die Nachricht postete, wurde zum allgemeinen Forumstrauertag erklärt. Bei jedem Einloggen poppte ein Fenster auf, das in weißer Schrift auf schwarzem Fond an die »Heldin« erinnerte. Im Hintergrund lief in Dauerschleife ein Trauermarsch aus der Zeit des Zweiten Weltkriegs. *Ana* verordnete dem ganzen Forum einen Fastentag völlig ohne Essen, um ihrer verstorbenen Anführerin zu gedenken. Außerdem entstand eine neue Kategorie: »Gefallene«. Userinnen hinterließen dort Trauerbotschaften und legten Blumen-Emojis nieder. Ein paar hatten mittels Photoshop einen Trauerrahmen um die Fotos gemacht, die *Dünner* ursprünglich in der Wettbewerbssektion hochgeladen hatte – ihre Schlüsselbeine voll Münzen, ihre Hüftknochen, ihre spindeldürren Handgelenke. Damit es dramatischer und feierlicher wirkte, hatten sie die Fotos schwarzweiß gefärbt und Sprüche hineingephotoshoppt: »In tiefer Trauer!«, »In ewigem Gedenken«, so was.

Oksana las diese Nachrichten durch einen Fieberschleier hindurch. Die Trauersprüche erinnerten sie an die Transparente, die zur Tag-des-Sieges-Parade am 9. Mai durch die Straßen getragen wurden. Sie setzte mehrmals an, eine eigene Beileidsbekundung zu verfassen, tippte und löschte sie wieder, tippte und löschte, tippte und löschte. Mit ihren Bauchschmerzen konnte sie sich nicht konzentrieren, ihr Gehirn fühlte sich an, als sei es in Watte gepackt.

Auch wusste Oksana nicht so recht, was sie schreiben sollte. Nach dem Tod von *Dünner* hatte sie Zerknirschtheit im Forum erwartet, Schuldgefühle. Niemand wusste genau, woran *Dünner* gestorben war – aber die Antwort lag nahe. Sie klagte schon lange über Schwächeanfälle und Magenkrämpfe, und hatten sie nicht alle die Situation verschlimmert? *Dystro(so)phie* mit ihren Wettbewerben, *Ana* mit ihren Einschüchterungen, sie selbst mit ihren Rezepten?

Aber es schien unmöglich, das anzusprechen, ohne dass sie ihre Profil-Statistik versauen würde. Oksana war inzwischen zur Experten-Userin aufgestiegen und moderierte die Threads für Kochen und historische Fragen. Ihre Seite zeigte an: 1537 verfasste Beiträge, 18 042 Punkte, 193 Follower, Status: Hungerheldin. Jedes Mal, wenn sie sich einloggte, wurde sie mit Fragen, Privatnachrichten und Herzchen-Emoticons überflutet.

Sie scrollte noch mal durch die Beiträge: Beileidsbekundungen, Fotos von Blumen, Trauer-Gifs. Offensichtlich war sie allein mit ihrer Meinung. Dann aber entdeckte sie unter einer Reihe trauriger Smileys einen Beitrag von BMI_14 – einer Userin, die schon länger dabei war und für ihre scharfe Zunge geschätzt wurde.

»Es reicht!!! Seid ihr eigentlich vollkommen bescheuert?!? *Dünner* ist keine Heldin, niemand von uns ist ein verdammter HELD! Die Menschen in der Blockade sind gestorben, GESTORBEN, zu Hunderttausenden. Sie haben es sich nicht ausgesucht!!! Sie wollten nur leben. Es ist eure Entscheidung, wenn ihr euch zu Tode hungert und euch gegenseitig dabei helft, aber wagt es nicht, euch mit echten Opfern zu vergleichen.«

Oksana las den Beitrag wieder und wieder. In dem Moment, als sie auf das Profil von BMI_14 klickte, um ihr eine Privatnachricht zu schreiben, klopfte es an der Tür. Schnell klappte sie den Laptop zu. Es musste ihr Vater sein. Die Mutter hätte angeklopft und gleichzeitig die Türklinke hinuntergedrückt. Der Vater respektierte Privatsphäre. Trotzdem steckte sie den Laptop unters Kissen, bevor sie »Herein!« rief.

»Oksanka, hab dir Tee mit Himbeermarmelade mitgebracht und ein Paar Kekse«, sagte der Vater.

Warum, dachte Oksana, behandeln russische Eltern ihre Kinder wie kleine buddhistische Altäre, auf denen sie im Laufe des Tages essbare Gaben abstellen?

»Wie geht's deinem Hals?«, fragte er.

»Du meinst meinen Magen?«

»Ja, genau.«

»Ganz gut.«

»Gut«, meinte er. Dann wusste er nicht mehr, was er sagen sollte, setzte sich auf Oksanas Drehstuhl und fing an, den mitgebrachten Tee selbst zu trinken. Der Vater war kurz vor den Neujahrsfeiern zurückgekommen, und die Stimmung war angespannt. Silvester war die gesamte Familie Marininy bereits nach Putins Neujahrsansprache ins Bett gegangen. Nicht dass es irgendwann einen Eklat gegeben hätte. Die Eltern waren kalt und übertrieben höflich zueinander, als wäre ihre Wohnung ein Hotel, in dem sie versehentlich dasselbe Zimmer gebucht hatten.

Der Vater rollte in Oksanas Stuhl hin und her und trank seinen (ihren) Tee, als sei es eine Aufgabe, die seine volle Konzentration erforderte. Oksana sah ihm von ihrem Hochbett aus zu. Wie wenig wusste man doch über Väter! Was genau machten sie, nachdem sie morgens aus dem Haus gegangen waren; was dachten sie, während sie abends vor dem Fernseher saßen? Vielleicht wäre es sogar spannend, würde man bloß fragen. Aber sie hatte den Zeitpunkt verpasst. Sie konnte sich schlecht plötzlich danach erkundigen, was er eigentlich genau auf der Arbeit machte, wenn es jetzt so viele dringendere Fragen gab. Warum interessierte man sich erst dann dafür, womit andere Menschen ihre Zeit verbrachten, wenn sie es nicht mehr zur gewohnten Zeit am gewohnten Ort taten?

»Brauchst du irgendwas?«, fragte der Vater. »Aus der Küche? Aus dem Supermarkt?«

»Danke, hab keinen Hunger.«

Auch für ihn ist es nicht einfach, dachte Oksana. Mütter, selbst wenn sie keinen Zugang zu den Gedanken ihrer Töchter hatten, waren zumindest über das Körperliche mit ihnen verbunden – sie wussten, wann Friseurtermine anstanden und wann sie ihre Tage hatten, was man tun musste, wenn sie krank waren. Der Vater hatte nicht einmal den Teebeutel aus der Tasse genommen. Sie liebte ihn – sie wusste nur beim besten Willen nicht, was sie mit ihm besprechen sollte.

Er saß noch eine Weile da, rutschte ein paar Mal in dem Stuhl hin und her, bis das Schweigen ungemütlich wurde. »Ja«, sagte er schließlich und wiederholte es: »Ja« – obwohl Oksana keine Frage gestellt hatte. Vielleicht war es seine Art, sich für all die Dinge zu entschuldigen, für die er sich zu entschuldigen hatte.

»Du sagst Bescheid, wenn du etwas brauchst, nicht wahr?«, sagte er und stand auf. Im Türrahmen drehte er sich noch einmal um. »Ein junger Mann hat vorhin an der Tür geklingelt, als du geschlafen hast. Hat diesen Zettel dagelassen. So ein Rothaariger. Dein Freund?«

»Ein Klassenkamerad.«

»Netter Junge«, sagte der Vater, legte einen zusammengefalteten Zettel aufs Bett und zog die Tür hinter sich zu.

Oksana wusste nicht, was sie absurder fand: die Tatsache, dass ihr Vater Mammut für »nett« hielt oder für ihren Freund. Sie sahen sich oft, das stimmte. Mammut brachte sie jeden Tag nach Hause. Auch wenn er den Unterricht geschwänzt hatte, und das tat er oft, wartete er nach Schulschluss an der Ecke des Hofes auf sie, nahm ihr den Rucksack ab und trug ihn bis vor ihre Haustür, wo er sie kusslos, beinah offiziell, verabschiedete.

Mammut war so simpel wie ein Spaten. Dennoch, Oksana musste es sich eingestehen: Es machte sie ein bisschen glücklich, dass er bei minus 25 Grad hergelaufen war, weil er sich Sorgen um sie machte. Sie faltete den Zettel auf. Wieder ein Porträt von ihr, diesmal mit Thermometer im Mund und roter Nase.

Eine Welle der Zuneigung durchströmte sie, ebbte ab und spülte ein schlechtes Gewissen heran. Es war irre, aber wegen solcher Gedanken fühlte sie sich Lena gegenüber schuldiger, als wenn sie mit Mammut geknutscht hätte. Und das Irrste war, dass sie überhaupt noch ein schlechtes Gewissen empfand.

Lena hatte ihr in all den Wochen in Shanghai nur vier Nachrichten geschickt. Und auch sie waren so belanglos wie Postkarten von entfernten Verwandten. Oksanas letzte dreiseitige E-Mail – vollgepackt mit Insiderwitzen, poetischen Alltagsbeobachtungen und schlecht versteckter Sehnsucht – hatte Lena mit einem Selfie beantwortet, auf dem sie, zugekleistert mit Make-up und Lidschatten, in einem grünen, glänzenden Kleid zu sehen war, an ihrer Seite zwei ähnlich überschminkte Frauen mit toupiertem Haar: »Freitagnacht, wir machen einen drauf!!!!!«

Erst als Oksana den Fernseher im Wohnzimmer nebenan hörte, klappte sie den Laptop wieder auf. Sie scrollte den Thread rauf und runter, aber der Beitrag von *BMI_14* war nirgends zu sehen. Sie gab »BMI_14« in das Suchfeld oben links auf der Forumsseite ein. Keine Treffer. Auch unter »Motivation«, wo *BMI_14* öfter postete, fand Oksana keinen einzigen Beitrag mehr von ihr. Es war, als hätte es sie nie gegeben.

Die Seite muss einen Bug haben, dachte Oksana. Oder das Fieber ließ sie phantasieren. Plötzlich fühlte sie sich sehr fiebrig und sehr allein. Kranksein war wie ein verregneter Sonntag. Zu zweit ganz gemütlich, allein die traurigste Sache der Welt.

Sie klopfte den Geheimcode an die Wand, den Lena und sie sich irgendwann in der dritten Klasse ausgedacht hatten: viermal kurz, dreimal lang. Sollte heißen: Ich denke an dich, ich bin da. Und Lena klopfte dann immer zweimal lang zurück: da, da. Jetzt kam als Antwort nur Stille und dann der Titelsong einer mexikanischen Telenovela, die Baba Polja so gern guckte.

Oksana beschloss, hinüberzugehen. Weitere fünf Minuten vor diesem Laptop-Bildschirm, und sie würde endgültig verrückt werden.

Die Haustür der Winogradowy war nicht verschlossen. Im Flur der Wohnung rief Oksana: »Hallo!« Als nichts sich rührte, ging sie ins Wohnzimmer, das abends, genauso wie das Wohnzimmer ihrer Eltern, zum Schlafzimmer wurde. Oksana setzte sich auf die Couch zu Polja, die so absorbiert von der Telenovela war, dass sie nicht einmal aufsah. Oksana staunte jedes Mal, wenn ihr das in den Röhrenfernseher eingravierte Herstellungsjahr ins Auge fiel – wer hätte gedacht, dass es damals schon Fernseher gab?

Auf dem uralten Ding muteten selbst die aktuellen Nachrichten wie ein historischer Film an. Der Flachbildfernseher daneben, für den die Winogradowy drei Jahre lang gespart hatten, ängstigte Baba Polja. Die Filme und Nachrichten sahen zu echt aus. Die Gegenwart ertrug sie nur, wenn sie, zumindest optisch, Patina angesetzt hatte. Deswegen standen bei den Winogradowy zwei Fernseher nebeneinander, auf denen dieselben Programme wirkten, als lägen fünfzig Jahre dazwischen.

Schweigend verfolgten Polja und Oksana, wie Maria ihren Mann Don Carlos betrog und Doña Luisa aus dem Koma erwachte. Als der Abspann lief, stellte Polja den Fernseher ab und drehte sich zu Oksana.

»Schön, dass du vorbeikommst, Marjuta«, sagte sie, und ihre Lippen, eingerahmt von Dutzenden vertikalen

Linien, verzogen sich zu einem Lächeln. Inzwischen schaltete Polja automatisch in den Vergangenheitsmodus, wenn sie mit Oksana sprach. Deswegen bemühte sich Oksana, sie nur dann zu besuchen, wenn niemand sonst in der Wohnung war.

»Draußen ist es schweinekalt«, sagte Oksana. »Im Radio hieß es: der kälteste Tag des Jahres.«

»Ja, die ganze Woche haben wir schon minus 30 Grad.«

Oksana korrigierte sie nicht. Auch jetzt, bei minus 25, war es draußen so eisig, dass die Wasserrohre platzten und Hundepisse sofort zu gelben Eispfützen gefror. Wie musste es erst ohne Strom gewesen sein, mit einem selbstgezimmerten Heizofen, der immer nur ein paar Stunden am Tag funktionierte?

»Meine Schule hat heute zu«, erzählte sie. »Alle dürfen zu Hause bleiben.«

»Meine Schule hat schon seit September geschlossen«, sagte Polja. »Alle ab der fünften Klasse helfen bei der Verteidigung der Stadt. Die meisten meiner Freunde, die beim Komsomol sind, haben sich in die Listen der Hilfsbrigaden eingeschrieben. Sie löschen Flugbomben auf den Dächern, besuchen Arbeiter, von denen seit Wochen niemand gehört hat, bringen Kranken Medizin. Und sowieso, wer soll uns unterrichten? Deutsch – Lungenentzündung, Sport – im Krieg gefallen, Mathe – an Dystrophie gestorben, Heimatkunde – auch. Die meisten Lehrer können wegen Unterernährung nicht aufstehen. Allein der Biolehrer kommt zurecht – er hat im Studium jagen gelernt.«

»Ihr habt also den ganzen Winter lang schulfrei?«

Baba Polja machte eine Bewegung, als würde sie Oksanas Dummheit wie eine Mücke vertreiben.

»Schulfrei? Rüstungsfabrik.«

»Warum bist du nicht in einer der Hilfsbrigaden?«

»Das war ich mal. Habe Post ausgetragen. Die hatte sich säckeweise angesammelt, weil die meisten Postboten verhungert waren. Aber am Ende ... Was soll das bringen, Marjuta? Meistens habe ich Briefe von Toten an Tote zugestellt. Einmal wollte ich einer Frau einen ganzen Stapel Briefe ihres Mannes von der Front bringen. Die Tür war offen – niemand schloss mehr ab, weil keiner mehr die Energie hatte, zur Tür zu gehen, wenn jemand anklopfte. Vor dem erloschenen Feuer saß die Mutter der Frau, tot. Die Frau selbst lag im Bett, mit Stiefeln, in zwei Mäntel gehüllt, unter drei Decken. Sie war eiskalt. Ich wollte trotzdem überprüfen, ob ihr Herz noch schlug. An ihrer Brust fand ich einen Säugling. Auch er erfroren, die Hände kalt und hart wie die einer Porzellanpuppe. Da konnte ich nicht mehr ... Habe mich für die Rüstungsfabrik gemeldet.«

»Aber seid ihr alle nicht viel zu schwach, um zu arbeiten?«

»Wer arbeitet, bekommt eine größere Brotration. Aber das ist nicht mal das Wichtigste. Arbeit ist ein Grund, aufzustehen. Das ist überlebensnotwendig. Wenn der Körper nichts zu essen bekommt, frisst er sich selbst. Zuerst das Fett, dann die Muskeln. Jeder Muskel, der nicht mehr benutzt wird, stirbt ab. Wer sich für ein paar Tage hinlegt, kommt nie mehr aus dem Bett.«

Baba Polja hustete, und ihr sonst so gerader Rücken krümmte sich zu einem Fragezeichen.

»Und außerdem«, fuhr sie fort. »Man ist dem Krieg nicht so ausgeliefert, man hat das Gefühl, etwas tun zu können. Inzwischen hat sich ja herumgesprochen, was die Nazis mit den besetzten Dörfern machen. Dann lieber auf dem Weg zur Arbeit verrecken. Ich wollte nicht auf den Feind warten, als läge ich schon in einem Grab, die Wohnung nur von Menschenatem gewärmt, dunkel, totenstill ... Selbst die Schüsse werden seltener – die Nazis wollen keine Munition verschwenden, wo der Hunger die Aufgabe erledigt.«

»Und deine Familie?«

»Mein Vater ist als Freiwilliger an die Front gegangen. Meine Schwester hat sich ins Bett gelegt und steht nicht mehr auf. Meine Mutter ist irre geworden. Stundenlang, manchmal tagelang, lief sie durch die Straßen, um ihre Kamera gegen etwas Essbares zu tauschen. Jetzt ist sie schon seit Wochen nicht mehr zu Hause aufgetaucht. Arme Verrückte. Niemand braucht mehr Kameras. Echte Lebensmittel findet man sowieso nicht mehr. Das meiste Essen, das es über den gefrorenen Ladogasee geschafft hat, über die Straße des Lebens, geht an die Armee, die die Stadt verteidigt.«

»Meinst du, ihr ist etwas zugestoßen?«

Baba Polja zuckte mit den Schultern.

»Keiner hat sie gesehen, niemand weiß etwas. Und manchmal denke ich: Es ist besser, wenn niemand sie findet. Wir könnten sie ja nicht einmal beerdigen ... Es sind einfach zu viele Tote, Marjuta. Und die Erde ist gefroren und hart wie Eisen. Kaum einer hat noch die Kraft, einen Spaten zu heben.«

Oksana brauchte gar nicht mehr nachzufragen, Baba Polja schien Oksanas Anwesenheit vergessen zu haben. Die Geschichte sprudelte mit Hochdruck aus ihr heraus, als hätte man eine geschüttelte Colaflasche geöffnet. Poljas vogelknochiger Körper bebte.

Hinter dem Fenster heulte ein Schneesturm. Dicke Flocken fielen so dicht, dass man kaum erkennen konnte, was sich hinter der Fensterscheibe abspielte. Oksana wickelte sich in zwei Decken, die auf dem Sofa lagen. Sie zitterte. Fieberfrost, dachte sie, fühlte sich aber zu schwach, um ein Aspirin zu holen oder wenigstens das Licht anzumachen.

Wenn man einmal nicht aufsteht, steht man nie wieder auf.

Oksana spürte, wie die Realität ihr allmählich entglitt. Vielleicht lag hinter dem Fenster tatsächlich das Leningrad der Kriegszeit? Der Schnee fiel herab wie ein Verdunklungsvorhang, mit dem die Leningrader sich bei Fliegerangriffen unsichtbar machen wollten, obwohl es längst keine Elektrizität mehr gab.

Alle bewohnten Häuser waren dunkel, die unbewohnten erkannte man an den herausgerissenen Türen und ausgeschlagenen Fenstern – nackt, blind, ausgeweidet. Häuser fraßen Häuser, um sich warmzuhalten. Sobald die letzten Bewohner eines Hauses starben, wanderte alles Brennbare – Möbel, Türen, Fensterrahmen – in die »Bourgeois-Öfen« der Überlebenden, die selbstgezimmerten Heizkörper, dickbäuchig wie die Karikaturen von fetten Bonzen und so unersättlich, dass sie mit dem Gesamtwerk von Puschkin nur eine halbe Stunde Wärme produzierten. Die gefrorenen Leichen stapelten sich auf den Straßen, dürftig abgedeckt mit Planen, unter denen die Haare herauswehten.

»Ach, Marjuta, es ist fürchterlich. Man kann niemandem mehr trauen. Eine alleinstehende Nachbarin hat ihre Katze, ich weiß nicht, wie, durch den halben Winter gebracht. Neulich hörten wir nur noch das Miauen von oben. Als wir die Tür aufbrachen, war die Frau längst erfroren, die Katze hatte bereits ihr halbes Gesicht gefressen. Und wir haben die Katze gefressen, ohne eine Minute darüber nachzudenken. Was ist nur aus uns geworden? Alle laufen wie Zombies durch die Straßen, die Gesichter dünn und dunkel oder aufgedunsen und blau angelaufen. Manche sind so dumm vor Hunger, dass sie sich die Finger abhacken, um sie zu braten. Andere gehen noch weiter … Nach Einbruch der Dunkelheit würde ich kein Kind mehr vor die Tür lassen … Einmal habe ich auf der Straße ein Pferd der Armee gesehen, das einen Wagen mit Leichen hinter sich herzog. Als der Fuhrmann es kurz verschnaufen ließ, ist eine Frau mit letzter Kraft hinaufgeklettert. Auf die Leichen! Der Fuhrmann sagte: Siehst du nicht, was das ist? Weißt du nicht, wohin ich fahre? Und die Frau sagte: Da muss ich auch hin. So spare ich meinen Kindern die Mühe, mich zum Friedhof zu bringen.«

Oksana versuchte zu schlucken, doch ihr Mund war staubtrocken. Sie wollte das alles nicht hören, sie wollte doch nur ein paar Rezepte haben, wozu erzählte Polja es ihr, sie musste hier weg, alles, was sie tun musste, war aufstehen, aufstehen, aufstehen …

»Einmal ging ich aus dem Haus und sah, wie eine Ratte eine andere Ratte fraß. Dass es überhaupt noch Ratten gibt, im Januar …«

Oksana wollte sagen: Stopp! Genug! Aber kein Ton kam aus ihrer Kehle, wie in einem Video, das man stummgeschaltet hatte.

In ihrem Kopf vermischte sich alles: Bilder von skelettdürren Kindern, die ihre eigenen Finger lutschten, bis nichts mehr davon übrig war, mit bläulichen Zombies, die Katzen zerfleischten. Ein tiefes, tierisches Heulen riss sie aus ihrem Fiebertraum. Sie schrak zusammen und stellte dann fest, dass es ihrem eigenen Mund entwichen sein musste: »Nicht mehr, nicht mehr!«

Das Nächste, an das sie sich erinnerte, waren die Arme ihres Vaters, der sie aufhob. Als sei sie wieder fünf, eingeschlafen bei einem Familienausflug, so dass sie nach Hause getragen werden musste.

KAPITEL 10

LENA

WEISSE AFFEN

Der Smog hing über dem Industriestädtchen wie Spargelcremesuppe, weiß und so dicht, dass man nicht einmal aus hundert Metern Entfernung die Umrisse des Riesenrads erkannte. Der Bus fuhr mit einer halbstündigen Verspätung an die Endhaltestelle »Mondscheinpark« heran, beladen mit der doppelten Menge Chinesen als die, für die er vorgesehen war. Lena hatte die letzten zwanzig Minuten der Fahrt eingequetscht zwischen einem Rucksack und einer Frau verbracht, die ein Bündel getrockneten Fisch wie einen olympischen Kranz um ihren Hals trug. Kaum war der Bus zum Stehen gekommen, stürmte Lena über Taschen, Füße und Haustiere hinweg ins Freie – mit einer Dreistigkeit, die sie sich in den vergangenen zweieinhalb Monaten in Shanghai angeeignet hatte.

An der Haltestelle fraß eine Katze fauchend ein öliges Taschentuch. Während sie es herunterschlang, sah sie Lena direkt in die Augen, ängstlich und angriffsbereit zugleich. Vom Himmel fiel nasser Schnee. Lena zog sich die Kapuze über den Kopf und wartete auf Ljudmila und Katarzyna, die es geschafft hatten, im hinteren Teil des Busses Sitzplätze zu ergattern.

Ein bereits vertrauter Geruch von verbranntem Popcorn und öffentlichen Toiletten wehte vom Vergnügungspark herüber. Lena kramte ein Kosmetiktäschchen aus ihrem Rucksack hervor, zog ihre Lippen nach und putzte sich die Nase. Ein Chinese fotografierte sie dabei. In diesem Nest, drei Stunden entfernt von Shanghai, waren Laoweis – Weiße –, zwar nicht mehr unerhört, aber zumindest immer noch eine Seltenheit.

»Fick dich«, sagte Lena auf Russisch, begleitet von ihrem schönsten Lächeln. Der Chinese grinste schüchtern, und Lena warf ihm eine Kusshand zu. Sie hatte beschlossen, gute Laune zu haben. Heute war ihr letzter Tag im Mondscheinpark.

Auf Steves Empfehlung hatte der Besitzer des Vergnügungsparks sie, Ljudmila und Katarzyna für zwei volle Wochen gebucht – und für jedes Model überwies er fast tausend Dollar auf das Agenturkonto. Es war einer der berüchtigten »White monkey jobs«, die in der Modelbranche verpönt, aber besser bezahlt waren als jeder Gig, den Lena bisher hatte, und ihr insgeheim auch mehr Spaß machte.

In den Metropolen rissen Laoweis keinen mehr vom Hocker. Doch außerhalb der Großstädte wurden sie immer noch gebucht, um zu englischen Songs Playback zu singen oder bei offiziellen Events so zu tun, als seien sie westliche Experten. Oft reichte es auch aus, einfach weiß und anwesend zu sein, um Kunden in ein Geschäft zu locken – oder sie zu unterhalten. Alles, was Lena im Mondscheinpark tun musste, war, sich von Gästen fotografieren und anfassen zu lassen. Manchmal filmten die Besucher sie dabei, wie sie kurze Sätze auf Chinesisch sagte, etwa »Ich liebe China«, »Du hast gepupst« oder

»Grüße an Li / Wang Wei / Lingh / (Namen des Gegrüßten einsetzen)«.

Lena, Ljudmila und Katarzyna arbeiteten täglich in Zwölf-Stunden-Schichten und schliefen zu dritt in einem Doppelbett in einem schimmligen Hotelzimmer. Aber mit dem Geld, das Lena hier verdiente, war sie endlich im Plus bei der Agentur – was ihre Chancen auf eine Vertragsverlängerung in China erheblich erhöhte. In zwei Wochen lief die bisherige Vereinbarung aus, und ob sie danach bleiben durfte, stand in den Sternen – auch wenn der vergangene Monat der erfolgreichste ihrer Karriere war. Steve hatte Dutzende Fotos für ihr Portfolio gemacht und ihr vier Shootings zugeschanzt. Die Mädchen im Modelapartment beneideten sie um ihn – und auch Rafik sprach nun seltener davon, dass er Lena vergeblich durchfütterte.

Ljudmila und Katarzyna stiegen gähnend aus dem Bus, kleinäugig und mit zerknitterten Gesichtern. Lena beneidete sie darum, dass sie während der halbstündigen Fahrt schlafen konnten. Ohne viel zu sagen, steuerten sie zu dritt den Mitarbeitereingang des Parks an. In dem kleinen Zimmer, das ihnen zugewiesen wurde, zogen sie ihre Uniform an – kurze silberfarbene Miniröcke, eine Jacke mit der chinesischen Aufschrift »Anfassen erlaubt« auf dem Rücken und zwanzig Zentimeter hohe Plateauschuhe, die den ohnehin beachtlichen Höhenunterschied zu den Parkbesuchern auf zwei Köpfe vergrößerten.

Es war neun Uhr, der Park hatte soeben aufgemacht. Es gab noch keine Schlangen an den Karussells, die Zuckerwattemaschinen liefen erst warm. Doch kaum, dass sie das Gelände betraten, zogen zwei kleine Mädchen mit Pferdeschwänzen an ihren Miniröcken. Ljudmila und Lena nahmen sie auf den Arm, und die Eltern drückten auf den Auslöser. Kurz vor zehn hatte sich bereits eine Schar um sie gebildet, und das erste Familien-Selfie, bei dem die Hand eines Vaters von Lenas Taille auf ihren Oberschenkel glitt, ließ nicht lange auf sich warten. Lena strahlte in die Smartphonekamera, als sei nichts gewesen. Die Grabscher, die Zwicker, die viel zu festen Umarmungen, das neugierige Ziehen an ihren Haaren gehörten zu diesem Job dazu. Sie waren hier genauso eine Attraktion wie die Ponys und das Riesenrad.

Dafür wurden sie nicht zehn Mal täglich bei Castings abgelehnt, bis ein Fotograf, der sie wie ein Nutztier behandelte, endlich sein Objektiv auf sie richtete. Hier rannten die Chinesen ihnen hinterher, als seien sie die Spice Girls. Knipsten johlend, wie sie aus der Flasche tranken, niesten oder russische Flüche von sich gaben, die Lenas Mutter sicherlich sofort mit einer Backpfeife sanktioniert hätte.

Es war eine lächerliche Karikatur von Ruhm, das war Lena schon klar. Dass sie für die Besucher zu den Highlights zählten, lag unter anderem auch an der Drittklassigkeit des Parks. Die Fahrgeschäfte schienen älter zu sein als Lena selbst. Es gab ein paar rostige Autoscooter, einen vier Meter hohen T-Rex mit abgebrochenem Plastikschwanz, eine knarzige Achterbahn in Form eines Drachens, die nur zur vollen Stunde fuhr, und aus einem schwer zu erklärenden Grund einen museumsreifen sowjetischen Militärpanzer, auf den die Chinesen kletterten, um Fotos zu machen.

Steve hatte Lena den Job nur widerstrebend vermittelt – er war der Meinung, dass er ihr weder Prestige noch gute Referenzen brachte. Er wollte Lena als ein

Editorial-Model etablieren – eine dieser extra-dürren Frauen mit bizarrem Gesicht, die sich gut in Modestrecken mit künstlerischem Anspruch machten. Die Fotos für ihr Portfolio hatte er morgens im sanften Tageslicht geschossen, am Fenster, auf dem Boden, auf dem Bett, auf dem er sie zuvor gevögelt hatte.

Lena konnte sich diese Bilder stundenlang angucken, diese atemberaubende, seltsame Frau, die nur entfernt etwas mit ihr zu tun hatte. Sie schien entrückt, stark, begehrenswert. So sieht Steve mich also, dachte Lena. Es erfüllte sie mit Stolz und machte die Bettgeschichte für sie erträglicher.

Sex war unangenehmer als Modeln, aber im Prinzip nicht so viel anders: ein Bewegungsablauf, an den man sich nach einer Zeit gewöhnte. Es ging darum, die richtige Position zum richtigen Zeitpunkt einzunehmen, eventuell noch das entsprechende Geräusch zu machen. Lena war gut darin, auch wenn die Mengen an Whiskey, die Steve in sich hineinschüttete, seine Erektionen flüchtig und unbeständig machten – und er viel schüchterner war, als er hinter der Kamera wirkte.

Ihnen beiden waren Stellungen am liebsten, bei denen sie ihre Gesichter nicht sehen konnten. Steve, weil er sich dafür, was er mit ihr tat, genierte. Lena, weil sie Angst hatte, dass Steve in ihren Zügen etwas erkennen könnte, das die ganze Prozedur länger dauern ließ. Nachdem alles vorbei war, klammerte sich Steve an sie wie an einen Rettungsring – schnappatmend, rotgesichtig –, und sie presste ihre Augen zusammen und strich ihm über sein drahtiges Haar, badete blind in dem Gefühl, dass sie in diesem Moment mit ihm machen konnte, was sie wollte.

Steve konnte manchmal richtig süß sein: Er kaufte ihr echte europäische Schokolade und Thermosocken für die Arbeit im Vergnügungspark, oder er überredete Rafik, ihr einen Tag extra freizugeben. An einem dieser Tage hatte er ihr den Zoo und das Aquarium gezeigt und grünen Tee als Mitbringsel für ihre Eltern besorgt. Es war ja nicht seine Schuld, dachte Lena, dass sie beim Sex mit ihm nichts außer Beklemmung spürte. Wenn er versuchte, sie zu lecken oder zu streicheln, ging Lena so schnell wie möglich zur nächsten Stufe über. Seine Zärtlichkeiten ekelten sie mehr als alles andere. Sie zeigten ihr den Unterschied. Wenn Oksana sie *dort* berührte, fühlte es sich an wie eine chemische Reaktion. Ungefähr wie das Knicken dieser Taschenwärmer – der Aggregatzustand veränderte sich, Wärme breitete sich aus. Und dann schlug es in etwas Lebendiges um, ein Summen und Pulsieren.

Mit Steve fühlte es sich bestenfalls wie eine gynäkologische Behandlung an. Trotzdem empfand sie manchmal sogar etwas wie Wärme ihm gegenüber. Wenn er sie vom Modelapartment abholte, freute sie sich fast, sein aufgedunsenes Gesicht zu sehen. Und hier im Mondscheinpark vermisste sie ihn tatsächlich. Als sie an einem besonders grauen Tag unter der Markise des Souvenirstands Schutz vor dem Regen suchte, ließ sie sogar seinen und ihren Namen in eine Tasse eingravieren.

Aber dann holten sie die Erinnerungen an seinen schweißnassen Körper wieder ein. Sie kamen hoch wie ein Rülpser, drängten sich auf, sobald ihre Gedanken umherschweiften, wenn sie in der Castingschlange wartete oder sich die Zähne putzte. Oder wenn sie, wie in diesem Augenblick, fremde Chinesen wie am Fließband umarmte und dabei lächelte, während andere fremde Chinesen auf ihre Auslöser drückten.

Nach der Arbeit brachte der Mondscheinpark-Chef ihnen persönlich das Abendessen in den winzigen Mitarbeiterraum, legte Katarzyna einen Arm um die Schulter und sagte »*Good, Lena, good*«. Er nannte sie alle drei »Lena« – entweder, weil er sie nicht auseinanderhalten oder weil er sich nur einen Namen merken konnte. Dann steckte er jeder drei 100-Yen-Scheine in den Bund ihres Minirocks, drückte ihnen einen nassen Schmatzer auf die Backe, machte ein Abschieds-Selfie mit ihnen und ging davon.

»Armer Wichser«, sagte Katarzyna, verstaute die Scheine in ihrem Rucksack und holte eine Flasche Pflaumenschnaps hervor. »Letzter Tag, Mädels!«, rief sie, goss sich als Erste ein Glas ein und kippte es hinunter, bevor sie die anderen Gläser füllte. Dabei war sie in den vergangenen Wochen die Spaßbremse gewesen, die nach den Schichten mit einer batteriebetriebenen Minilampe in ihrem Bettdrittel irgendwelche Unterlagen paukte.

Ljudmila klopfte drei Zigaretten aus ihrer Marlboro-Schachtel und nahm eine leere Plastikflasche vom Fensterbrett. Die Flasche brauchten sie, um den Rauch hineinzupusten, damit die Umkleide nicht nach Kippen stank. Die Regeln im Park waren lockerer als im Modelapartment, aber sie hatten trotzdem keine Lust, bei Rafik verpetzt zu werden.

Lena nahm eine Zigarette. Katarzyna schüttelte den Kopf.

»Glaubst du nicht, dass deine Falten vom Rauchen kommen?«, sagte sie zu Ljudmila.

»Ab einem gewissen Alter muss man sich entscheiden:

Arsch oder Haut«, erwiderte sie und zündete sich unbeirrt ihre Kippe an.

»Hm?«

»Entweder hast du schlechte Haut oder einen fetten Arsch. Wenn ich nicht rauche, gehe ich auseinander. Übrigens: Wusstet ihr, dass eine Flasche Pflaumenschnaps genauso viele Kalorien hat wie eine Tafel Schokolade?« Ljudmila pustete den Rauch in die Plastikflasche aus und hielt sie mit der Handfläche zu.

»Heute ist es mir egal«, sagte Katarzyna.

Niemand von ihnen hatte Lust, nach Shanghai zurückzukehren, zu den aussichtslosen Castings und den unhappy Happy Hours im Club.

Es klopfte an der Tür. Ljudmila und Lena drückten hektisch ihre Kippen aus und schraubten die Plastikflaschen zu. Zum Glück war es nur der Putzmann. Er wischte den Boden, den Tisch und das Waschbecken mit ein und demselben Lappen und beobachtete sie dabei aus den Augenwinkeln.

»Denkt ihr, sie träumen nachts von uns?«, fragte Lena.

»Aber sicher. Feuchte Träume. Was denkst du, was unser Beruf ist? Wir sind lebendige Wichsvorlagen.«

»Heute habe ich ein Selfie mit einem Ehepaar gemacht«, erzählte Ljudmila. »Ich in der Mitte, die beiden die Hände an meiner Taille. Der Kerl wollte mir ernsthaft an den Arsch greifen, obwohl seine Frau praktisch danebenstand. Und ratet mal, was er auf meinem Hintern vorfand?«

»Was?«

»Ihre Hand! Sie hatte sie präventiv dort geparkt«, sagte Ljudmila und prustete los.

Lena stimmte mit ein, zuerst nur, damit ihre Freundin

nicht allein über ihren eigenen Witz lachte. Dann aber stieg ihr der Pflaumenschnaps in die Nase, und in ihr Lachen mischte sich ein Husten, was so seltsam klang, dass sie nun wirklich lachen und selbst Katarzyna grinsen musste. Bald gackerten sie alle drei, verstärkten sich dabei wie ein Echo und wischten sich die Lachtränen mit den T-Shirts der anderen ab. Lena drückte ihren Kopf an Ljudmilas Ausschnitt, spürte ihre beiden Körper beben und lachte, lachte, lachte, bis sie bemerkte, dass Ljudmilas T-Shirt durchnässt war und ihr Lachen längst in Schluchzer übergegangen war, dass Ljudmila ihr über das Haar strich und Katarzyna ihr eine sojasoßenverschmierte Serviette zum Schnäuzen hinhielt.

»Komm, komm«, sagte Ljudmila. »Alles ist gut. Wir sind jung, wir sind schön. Damit kann man einiges anfangen.«

»Pfft«, machte Katarzyna. »Es gibt nichts Vorhersehbareres als die Geschichte einer gealterten schönen Frau.«

»Zumindest für dich läuft doch alles gut, Lena«, sagte Ljudmila. »Dein Foto-Heini kümmert sich um dich. Und ich bin ganz sicher – dein Vertrag wird verlängert.«

Lena schluchzte weiter, stärker als zuvor. Sie hatte während ihrer Zeit in Shanghai kein einziges Mal geweint, und es war, als würden nun alle Tränen auf einmal aus ihr herausfließen.

»Weiß dein Freund eigentlich das mit den anderen Männern?«, fragte sie Ljudmila.

»Mein Freund?«

»Na der, mit dem du ständig skypst.«

Ljudmila zog ihr Portemonnaie aus der Tasche und daraus ein Foto. Ein Mädchen, vielleicht zwei, drei Jahre alt, nuckelte an dem Ende ihres eigenen Pferdeschwanzes. Sie hatte dunkles Haar, asiatische Augen und einen leeren Blick.

Ljudmila streichelte das Foto mit dem Daumen. »Darf ich vorstellen? Fan Krawtschuk.«

»Wo ist sie jetzt?«

»Im Dorf, bei meiner Mutter.«

»Und der Vater?«

Ljudmila zuckte mit den Schultern.

»Keine Ahnung. Ihm gehörte eine Unterwäschekette, für die ich fotografiert wurde. Er lebt wahrscheinlich immer noch in Shanghai.«

»Weiß er überhaupt, dass es sie gibt?«

»Wozu?«

»Muss er nicht so was wie Kindergeld bezahlen?«

»Er hat mir schon die Abtreibung bezahlt«, gab Ljudmila in einem Ende-der-Durchsage-Ton zurück. Aber nach und nach quetschte Lena die vollständige Geschichte aus ihr heraus: Von dem Abtreibungsgeld des Unterwäschehändlers kaufte Ljudmila Babystrampler und den größten Teddybären, den sie finden konnte. Als keine Jeans mehr zuging, holte sie das gesamte ersparte Geld bei ihrer Agentur ab, ließ ihren Agenten wissen, dass er sie ab jetzt am Arsch lecken könne, und flog nach Hause – nie mehr Fotografen, nie mehr Nachtschichten.

Ein halbes Jahr später war sie zurück.

Ljudmilas Mutter hatte ihren Reisepass versteckt, um ihre Tochter zum Bleiben zu zwingen. Schließlich legte sie ihn aber doch auf den Tisch: Was sollte Ljudmila in der Ukraine, ohne Schulabschluss, mit Säugling? Dasselbe machen wie in Shanghai, nur für den halben Preis? Das verdiente Geld war mit der Reparatur des krummen Dorfhäuschens und dem Einbau einer Toilette schnell ausgegeben. Die mickrige Witwenrente der Mutter – Ljudmilas Vater war seit fünf Jahren tot, Wodka – reichte nicht einmal für die Lebensmittel.

Als Ljudmila wieder in das Modelapartment zog, kannte sie nur noch die Hälfte der Mädchen. Viele, mit denen sie angefangen hatte, waren in der Zwischenzeit ebenfalls in die Heimat zurückgekehrt, mit ein paar tausend Dollar und einigen Geschlechtskrankheiten. Sie hatten ihren Eltern eine Datscha gebaut oder die erste Hypothek für die eigene Wohnung abbezahlt oder ihr Studium finanziert. Die neuen Mädchen waren fünf, sechs, sieben Jahre jünger als Ljudmila, sie wogen und klagten weniger, bekamen häufiger Aufträge. Ljudmilas Shootings wurden seltener, die Nachtschichten mehr.

Während Ljudmila mäßig interessante Details über Fan ausbreitete – »sie hat gerade eine Phase, in der sie nur grüne Sachen isst«, »ihr erstes Wort war Dada« –, packten sie ihre Sachen zusammen. Der Nachtbus nach Shanghai fuhr in einer Stunde ab, und sie mussten noch zum Bahnhof kommen.

Kaum berührte Lenas Kopf die Sitzlehne des Nachtbusses, schaltete sich ihr Gehirn ab. Sie schlief fest und traumlos, wachte aber gegen drei Uhr auf und bekam keine Luft. Sie hatte das Gefühl, alle Gedanken auf einmal zu denken. Sie hatte Angst davor, dass man ihren Vertrag in Shanghai nicht verlängerte. Angst, dass man ihn doch verlängerte. Fan Krawtschuk. Oksana. Der russische Panzer neben dem Riesenrad. Der Putzmann mit seinem schmierigen Lappen und schmierigen Blick. Steve.

Ein Fahrgast war mit einem riesigen Collie in den Bus gestiegen. Der Hund hatte offenbar keinen passenden

Platz zum Schlafen gefunden, weshalb er rastlos durch den Gang lief, vor und zurück, immer wieder, wie ein Zug auf Schienen. Lena stellte sich vor, dass er riesige Flügel hätte, wie ein Schwan, die statt mit Federn mit rötlichem Flaum bewachsen wären.

Schatten zogen hinter der Gardine des Nachtbusses vorüber. Lena gefiel die Vorstellung, dass es fliegende Hunde sein könnten.

Als sie gegen fünf Uhr Shanghai erreichten, erwartete Steve sie am Bahnsteig.

»Überraschung«, sagte er.

Er roch nach Wurst und nach Whiskey, und Lena fragte sich, ob er extra so früh aufgestanden war, um sie abzuholen, oder einfach die Nacht durchgetrunken hatte.

Steve hatte ihr einen Bohnenkuchen mitgebracht. Er schien sich ehrlich zu freuen, sie zu sehen. Lena ließ sich von dieser Freude anstecken und küsste ihn auf den Haaransatz.

»Gute Neuigkeiten«, sagte er schließlich. »Du darfst bleiben. Um das chinesische Neujahr herum ist hier nicht viel los, da kannst du gut für drei Wochen nach Hause. Den Eltern hallo sagen, ein neues Arbeitsvisum beantragen. Und dann kommst du für weitere sechs Monate wieder.«

Lena drückte ihr Gesicht in Steves tiefen V-Ausschnitt, in den grauen Teppich seiner Brusthaare. Mitten in diesem Dickicht wuchs ein Pickel, der aussah wie ein dritter Nippel.

KAPITEL 11

OKSANA

DÜNNER

An den seltenen Tagen, an denen Mammut zum Unterricht erschien, setzte er sich schräg hinter Oksana, so dass sie seinen Blick in ihrem Nacken spürte wie einen warmen Luftstrahl. Es war ein Grund, morgens aufzustehen, nur ein kleiner Grund zwar, aber immerhin.

Der Januar war kalt und farblos. Ohne Lena, ohne das Forum, ohne Baba Polja, der sie nicht mehr in die Augen blicken konnte, glichen die Tage tauber Routine. Morgens brauchte sie eine halbe Stunde, um aus dem Bett zu kommen, eine weitere im Bad, wo sie ihr Gesicht und ihren Körper warmfönte. Es fühlte sich an wie eine unsichtbare Umarmung, und sie führte den Fön so lange an Kopf, Armen und Beinen entlang, bis ihre Mutter an die Tür klopfte, um sie an die Stromrechnung zu erinnern.

Mammuts Blick hatte den gleichen Effekt wie der Fön.

Die anderen Mädchen in der Klasse waren deutlich netter zu ihr, seit Mammut sich für sie interessierte. Oksana nervte es, dass die Zuneigung eines Kerls, sei er auch ein völlig gewöhnlicher Gopnik, sie in den Augen der anderen aufwertete. In den Pausen luden verschiedene Mädchencliquen sie plötzlich dazu ein, zusammen mit ihnen eine Runde um den Schulhof zu drehen, und in die WhatsApp-Gruppe, in der sie gemachte Hausaufgaben austauschten. Früher war dergleichen nie vorgekommen – was womöglich auch daran gelegen hatte, dass Oksana ein Teil des siamesischen Lena-Oksana-Zwillings war, der als selbstgenügsam und nicht unbedingt freundlich eingestuft wurde.

»Wollen wir?«, fragte Mammut nach der letzten Stunde, nahm ihr in inzwischen eingespielter Manier den Rucksack ab und hievte ihn sich auf den Rücken. Einen eigenen hatte er nicht. Sein einziges Heft, das er für jedes Fach benutzte, trug er zusammengerollt in seiner Hosentasche. Seinen Kugelschreiber klemmte er wie ein Oberarzt an die Brusttasche seiner Kunstlederjacke.

Auf dem Nachhauseweg sprachen sie, wie immer, wenig bis gar nichts. Aber Mammut hielt Oksana an der Hand, und sie konnte tagträumen oder ihren Blick umherschweifen lassen, ohne vor die Füße schauen zu müssen. Denn sie wusste: Mammut würde sie sicher an Hundehaufen und Schlaglöchern vorbeiführen.

Der schlimmste Frost war vorüber, dennoch war es kalt und windig. In Russland, dachte Oksana, lebt man nur im Sommer so richtig. Vielleicht benutzt man deswegen im Russischen dasselbe Wort für »Jahr« wie für »Sommer«. In einem Monat wurde sie siebzehn Sommer alt.

Oksana starrte gerade eine Wolke an, die auch mit der größten Phantasie keine Gestalt annahm, als Mammut stehen blieb.

»Wir sind da«, sagte er.

»Wusstest du, dass die durchschnittliche Lebenserwartung einer Wolke zwölf Stunden beträgt?«, fragte Oksana.

Er sah sie an mit dem ausdruckslosen Blick eines Kaninchens im Zoogeschäft. »Worüber du dir immer Gedanken machst …«

»Findest du mich seltsam?«

»Du bist nicht seltsam«, sagte Mammut. »Du bist selten.«

Er setzte ihren Rucksack ab. »Tschüs dann. Bis morgen!«

Weil Mammut so wenig sprach, bekam alles, was aus seinem Mund kam, Gewicht. Meinte er »selten« wie ein Edelstein, fragte sich Oksana, oder »selten« wie ein besonders kurioses Tierchen? Ein Leguan oder so? Barg Mammuts Kopfkondom vielleicht ein komplizierteres Innenleben, als sie annahm? Oder war es bloß so, dass schweigsame Menschen intelligenter wirkten als Labertaschen, weil sie weniger Gelegenheiten nutzten, um dummes Zeug zu reden?

Die Wohnung begrüßte sie mit dem gewohnten Geruch nach Kohl und Bratfett, der sich auf ewig in die Tapete und die Möbelpolster gefressen hatte. Die Mutter sah sich gerade eine Sondersendung über Putin an. Oksana war froh, nicht von ihrem Tag erzählen zu müssen, fuhr ihren Laptop hoch und setzte sich mit einem Teller Borschtsch davor.

Wie immer leuchteten die Kalorienzahlen wie Warnsignale in ihrem Gehirn auf, sobald sie Lebensmittel sah. Und noch immer aß sie nur das Nötigste – schließlich wollte sie die Kilos nicht zurückhaben, die sie durch die Magen-Darm-Grippe verloren hatte. Doch die Zutaten für die Blockadespeisen hatte sie weggeschmissen und sich seit jenem fiebrigen Abend bei Baba Polja nicht mehr bei *leningrad-diet.ru* eingeloggt.

Einmal hatte sie die Adresse der Website eingetippt, doch kaum erschien das Logo – ein abgemagertes Blockadeopfer – und darunter der Slogan *Phänomenale Ergebnisse. Die Geschichte ist unser Beweis*, klickte sie auf »Schließen«. Es waren nicht die erfrorenen Toten, die an ihrem geistigen Auge vorüberzogen. Auch nicht die Katzenbesitzerin mit dem abgefressenen Gesicht. Es war die Frau, die auf den Leichenwagen kletterte, um ihrem Tod entgegenzufahren.

Sie schämte sich.

Sie wollte sich nicht einloggen, aber sie konnte sich auch nicht dazu durchringen, ihren Account zu löschen. All die Punkte, all die Follower, all die Likes einfach wegzuschmeißen – das brachte sie nicht übers Herz.

Während sie Borschtsch aß, stöberte Oksana lustlos in den sozialen Netzwerken. Ohne das Forum erschien ihr das Internet sehr öde, und so freute sie sich fast, als sie eine Nachricht von kontrolle@leningrad-diet.ru in ihrem Postfach fand, Betreff: DRINGEND.

Als sie die E-Mail öffnete, sah sie ein Foto ihres eigenen Oberschenkels. Die blasse Zellulitis, der Speck, großgezogen auf 17 Zoll.

»*hunger_16w*, wir haben lange nichts mehr von dir gelesen und auch keine Kontrollfotos bekommen. Wo steckst du? Lass deine Kameraden nicht im Stich!« stand darunter. »Das Internet wartet sicher ganz neugierig darauf, wie das Fett von Oksana Marinina, wohnhaft in Krylatowo, Neue Straße 15a, in Unterwäsche aussieht.«

Der Anhang der E-Mail enthielt ein Dutzend weitere

Aufnahmen, an die Oksana sich gut erinnerte: ihr riesiger Arsch in der verwaschenen Unterhose mit dem braunen Fleck, die Speckrolle zwischen Bauch und Brüsten ...

Oksana klappte den Laptop zu und versuchte einen gefassten Gesichtsausdruck zu behalten, obwohl außer ihr niemand im Raum war.

Sie konnten doch nicht ...? Doch, sie konnten.

Oksana schloss ihre Zimmertür, rief die E-Mail noch mal auf und guckte die Fotos erneut durch.

Der weiche Schwabbel, der braune Fleck, ihr Hintern – fotografiert aus einem Winkel, der ihn drei Mal so groß erscheinen ließ, wie er tatsächlich war.

Sie loggte sich ein.

Phänomenale Ergebnisse. Die Geschichte ist unser Beweis.

Das alles musste ein Ende haben.

Sechs neue Follower, 35 neue Likes, 92 ungelesene Nachrichten und Kommentare.

In der letzten Nachricht fragte eine Userin sie, ob man effizienter abnehme, wenn man das Schlafzimmer nachts auf Minustemperaturen hielt. »Haben die Blockadeopfer nicht auch deshalb so stark an Gewicht verloren, weil sie in der Kälte so viele Kalorien verbrannten? (>_<)«, schrieb sie.

Oksana löschte die Nachricht, zögerte kurz und löschte dann den gesamten Inhalt ihres Postfachs. Sie wollte nicht daran erinnert werden, wie euphorisch sie noch zehn Tage zuvor die Entbehrungen der Blockadezeit durchdekliniert hatte. Das Argument – oft vorgetragen im Forum –, dass es den Toten nicht weh tat, wenn man mittels einer Diät der Blockade gedachte, war einfach nur zynisch. Das Forum hatte aus einem der größten Desaster der Menschheitsgeschichte einen Lifestyle gemacht. Und sie selbst war ganz vorn mit dabei gewesen.

Trotz allem musste Oksana sich eingestehen, dass sie das Forum vermisst hatte, diese anonyme Nähe, die es bot, die Zuneigungshappen durch Interpunktion. Ein Zuzwinkern per Komma, ein Lächeln mit einer Klammer, die Herzchen aus Sonderzeichen. »Das wird schon! :)«, »Wir denken an dich :-***«, »Sei nicht traurig, Süße! <3 <3 <3«.

Auch wenn sie nicht die Willenskraft aufbrachte, sich zu Tode zu hungern wie die anderen, waren sie sich in einem gleich: Sie alle spürten, dass sie kaum Einfluss auf die Welt hatten und keine Kontrolle über ihr Leben, nur über ihren Körper. Alle hatten Probleme, manche mehr, manche weniger. Manche wurden zu Hause misshandelt, manche in der Schule fertiggemacht, manche waren sogar schon in Psychiatrien gewesen. Die Diät wirkte wie ein Betäubungsmittel: Wenn man sich auf das fokussierte, was man aß oder nicht aß, blendete man vieles andere aus. Und wie jedes Betäubungsmittel machte es süchtig.

Eigentlich hatte sich Oksana nur eingeloggt, um ihren Account zu löschen. Doch dann blieb sie in dem Thread »Gefallene« hängen. Der Strom an Beileidsbekundungen für *Dünner* riss nicht ab. »Wir vergessen dich nie!«, »Es tut so weh!« oder einfach »Warum?«. Eine schrieb: »Nur weil eine aus unseren Reihen gefallen ist, dürfen wir nicht aufgeben, so wie unsere Vorfahren ihren Kampf auch nicht aufgegeben haben und im Geiste ungebrochen blieben!!!!« – 89 Likes, kein einziger Daumen, der nach unten zeigte.

Hatte denn keine der Userinnen Geschichtsunterricht? Oder wurden alle Gegenstimmen, wie die von *BMI_14*, gelöscht? Kam es Oksana nur so vor, oder waren ein paar Mitglieder, mit denen sie sich regelmäßig ausgetauscht hatte, nicht mehr aktiv?

Jedes Detail von *Dünners* Tod wurde besprochen, als sei sie Tupac Amaru Shakur. *Red_Star*, betrunken von ihrer plötzlichen Wichtigkeit, fuhr mehrmals die Woche nach Omsk und fütterte die Community mit neuen Einzelheiten.

Laut ihrer Nacherzählung der Nacherzählung der Ömchen auf der Bank ließen sich die Umstände von *Dünners* Tod folgendermaßen zusammenfassen: Am 1. Januar, gegen 23 Uhr, fuhr ein Krankenwagen mit heulender Sirene im Hof vor und störte dabei die Nachtruhe von Aleftina Wiktorowna im ersten Stock, erste Tür rechts. Jewgenja Antonowa (dritter Stock, die Tür links neben der Verstorbenen) hatte zuvor Schmerzensschreie gehört, so schrecklich, als sei gerade jemand mit kochendem Wasser übergossen worden. Als die Sanitäter das schreiende Mädchen durchs Treppenhaus trugen, wachte die übrige Rentnerbelegschaft des Hauses auf. Man sah die Eltern zusammen mit ihrer Tochter in den Krankenwagen steigen. Sie kehrten allein zurück.

Nun schrieb *Red_Star*:

»OMG, Leute, IHR WERDET ES NICHT GLAUBEN! Ich war im Krankenhaus und habe versucht mich als *Dünners* Schwester auszugeben, aber zero Erfolg o_O. Dann habe ich einer Krankenschwester einen 500-Rubel-Schein zugesteckt – LOL –, und sie hat mir erzählt, wer bei dem Einsatz dabei war. Der Fahrer des Krankenwagens hat mir für einen weiteren Fünfhunni die ganze Story verklickert.

Also, erst mal: *Dünner* hat bei ihrem Tod nur 29 Kilo

gewogen. Das bringt sie nicht zurück, und es lindert auch nicht unser aller Schmerz, aber sie hat damit die 30-Kilo-Marke geknackt!

Und wenn ihr denkt, sie sei gestorben, weil sie zu wenig gegessen hat, liegt ihr FALSCH! Der Fahrer sagte nämlich, dass sie einen Magendurchbruch hatte. Sie hatte sich irgendwas gekocht (der Fahrer wusste nicht, was genau), das ihr die Speiseröhre verätzt und ihrem Magen wohl den Rest gegeben hat. Jedenfalls hat sie sich die ganze Zeit gekrümmt und wie am Spieß geschrien!!!«

Oksana war speiübel. Sie hatte das Gefühl, sich sofort in den Papierkorb neben ihrem Schreibtisch übergeben zu müssen. Das war seltsam, denn sie gehörte nicht zu den Forumsmitgliedern, die mühelos kotzen konnten. Früher hatte sie solche Mädchen beneidet.

Jetzt stand es also fest: Die Blockaderezepte hatten *Dünner* umgebracht. Vielleicht sogar eines, das sie gepostet hatte. War sie schuld an ihrem Tod? Könnte man es ihr nachweisen? Was, wenn die Polizei *Dünners* Laptop durchforstete und ihre Nachrichten fand? Das Senfkornrezept, zum Beispiel, das sie ihr geschickt hatte? Würde man sie ins Gefängnis stecken?

Panisch löschte sie ihr bereits leeres Nachrichtenfach ein zweites Mal und klickte auf »Profileinstellungen«.

hunger_16w
16 Jahre alt
Sankt Petersburg
Wenn ihr Geschichtsfragen habt, schreibt mir! @---3--
31.057 Punkte, 271 Follower, Status: Superheldin des Hungers.

Darunter der Button: »Profil ändern«. Die Schaltfläche für »Profil löschen« war verschwunden.

»Wer aufgibt, sieht uns nie wieder« – auch diese Forumsregel ist großer Bullshit, dachte Oksana. Wie viele der Userinnen waren noch freiwillig da? Und die Mädchen, deren Profile man gelöscht hatte? Waren sie draußen, zum Preis ihrer Unterwäschebilder im Netz?

Oksana starrte ihren Laptop an, als wäre er eine Bombe. Sie schaltete ihn aus, verstaute ihn in seiner Hülle und packte ihn in die Schublade. Ihr war klar, wie kindisch es war. Aber solange der Laptop aus war, blieb das alles gefühlt eine Ansammlung von Buchstaben und Sonderzeichen, die keine echten Konsequenzen nach sich ziehen konnten. Es waren doch nur ein paar elektronische Signale, in die Welt gesandt von ein paar Teenagern, die sich ihre Langeweile vertrieben und ein paar Kilos verlieren wollten.

Oksana ging ins Bad, um sich kaltes Wasser ins Gesicht zu spritzen. Dort war ihre Mutter gerade dabei, die saubere Wäsche von der Leine zu nehmen. In diesem Augenblick faltete sie einen ihrer BHs zusammen, der so riesig war, dass Oksanas Gesicht locker in eines der Körbchen gepasst hätte.

»Mama, ich …«, fing Oksana an.

»Ich werde mich von ihm scheiden lassen«, unterbrach sie die Mutter.

»Ist er wieder verschwunden?«

»Nein.«

»Warum dann?«

»Ich habe nachgedacht. Wozu brauche ich ihn noch? Ich verdiene selbst Geld, trage selbst die Einkaufstaschen und hämmere selbst Nägel in die Wand.«

»Aber das ist ja nichts Neues.«

»Nein.«

»Und warum hast du dich nicht schon früher von ihm scheiden lassen?«

»Ich wollte, dass du ein glückliches Kind warst.«

»Und jetzt? Verliert man mit sechzehn das Recht, glücklich zu sein?« Oksana schnaubte und fühlte ein Ziepen im Gesicht, das meistens Tränen ankündigte. Rasch schob sie deshalb hinterher: »Schau dich an. Wer außer ihm wird dich nehmen?«

Die Mutter fasste sich ans Herz, ein bisschen zu theatralisch, wie Oksana fand. »Mein Kreislauf! Dass mein eigen Fleisch und Blut wagt, mir so etwas zu sagen, ist eine …«

Aber Oksana hörte nicht mehr, was genau es war, sondern lief auf die Straße, ihren Wintermantel unterm Arm. Es war unfair, unfair, unfair. Ausgerechnet jetzt, wo es ihr so beschissen ging. Ihre Eltern verband vielleicht kein glückliches Zusammensein, aber zumindest ein ganz erträgliches Nebeneinander. Und viel mehr durfte man ja wohl nicht erwarten, wenn man über vierzig war. Was wollten sie? Glück? Liebe? Sie waren erwachsen, verdammt noch mal. Sie sollten realistischere Erwartungen an das Leben haben.

Sie lief durch Krylatowo und wartete darauf, dass ihre Mutter sie einholte. Aber sie war zu dick, um ihr hinterherzujagen, oder sie war zu dem Schluss gekommen, dass Oksana in ihren Hausschuhen im Januar ohnehin nicht weit kommen würde.

Der würde sie es zeigen! Wütend stapfte Oksana durch den Schnee, doch mit jedem Schritt beruhigte sie sich ein wenig mehr. Es war unwahrscheinlich, dass die Polizei

Dünners Laptop durchsuchte, überlegte sie. Außerdem war *Dünner* immer diejenige gewesen, die auf höchste Geheimhaltung pochte. Passwort nie speichern. Mit niemandem über die Plattform reden. *Leningrad-diet.ru* nie unter Favoriten speichern. Browserverlauf nach jedem Login löschen. Und auch, dass jemand ihren Austausch mit *Dünner* über Senfkornbrätlinge entdeckte und das Ganze zu ihr zurückverfolgte, erschien Oksana, je länger sie darüber nachdachte, unrealistisch.

Außerdem: Es war ja gar nicht klar, dass ihr Rezept sie umgebracht hatte.

Ihre Panik wich, wie der erste Schock, nachdem man sich kochendes Wasser auf die Haut gegossen hat. Jetzt kam der Verbrennungsschmerz, das schlechte Gewissen. Ihr Gehirn führte in Dauerschleife einen Dialog zwischen Anklage und Verteidigung. Hätte sie ihr niemals das Rezept geschickt, wäre *Dünner* jetzt vielleicht noch am Leben. Unsinn, sie hätte sich so oder so zu Tode gehungert. Ja, aber ohne das Rezept wäre es vielleicht erst viel später dazu gekommen. Aber sie hatte sich das Rezept doch nicht einmal ausgedacht, sondern nur aufgeschrieben. Es waren doch nur ein paar Sätze. Ja, aber ohne diese Sätze wäre *Dünner* jetzt vielleicht noch am Leben. Unsinn, sie hätte sich so oder so zu Tode gehungert. Ja, aber ohne das Rezept ...

Oksanas Gehirn lief sich immer weiter heiß, ohne dass sie es bremsen konnte.

»He, pass mal auf, wo du hinlatschst«, schimpfte eine ältere Dame, die sie angerempelt haben musste.

»'tschuldigung«, sagte Oksana, blieb stehen und schaute sich um.

Ihre Füße, die sie längst nicht mehr spürte, hatten sie

vors »Auf Ex« getragen. Gleich in der Nähe wohnte Mammut. Sie kannte zwar nicht seine Wohnungsnummer, aber das war kein echtes Hindernis. In den Hinterhöfen von Krylatowo gab es, wie in jeder russischen Vorstadt, ehrenamtliche Informationszentralen. Morgens die jungen Mütter, nachmittags die Ömchen auf der Bank, abends die Alkoholiker. Es war, als arbeiteten sie in Schichten.

Und wie vermutet: Im Hof saß Petja, einer von Wolodjas spirituellen, spirituosen Trinkkumpel.

»'n Abend«, sagte Oksana. »Kennen Sie vielleicht die Wohnungsnummer von Sergej Mammontow?«

»Guten Abend, schöne Dame, haben Sie vielleicht einen Hunni für ein Konterbier?«

»Ich möchte Ihren Alkoholismus nicht finanziell unterstützen.«

»Gestatten Sie! Ich bin doch kein Alkoholiker! Ich bin ein Säufer.«

»Wo ist da bitte der Unterschied?«

»Das ist ein großer Unterschied! Alkoholiker trinken, weil sie nicht anders können. Säufer, weil sie Lust drauf haben.«

»Wie auch immer, ich habe kein Geld bei mir«, sagte Oksana und beschloss, die Wohnung auf eigene Faust zu suchen.

»Nummer 11, dritter Stock«, sagte Petja mit einem Blick auf ihre durchnässten Hausschuhe, die darauf schließen ließen, dass sie wohl nicht log. »Haben Sie einen guten Abend, gnädige Frau!«

Der Türspion der 11 war dunkel und blieb auch dunkel, nachdem Oksana geklingelt hatte. Oksana wollte gerade die Treppe wieder hinunterlaufen, als sie Schritte hörte.

»Wer ist da?«, fragte Mammuts Stimme.

»Ich.«

»Oksanka?«, rief er und öffnete die Tür.

Mammut trug seinen Trainingsanzug, eine Winterjacke und einen dicken Schal. In der Hand hielt er ein Teelicht.

»Licht funktioniert nicht«, sagte er.

»Glühbirne kaputt?«

»Nee«, sagte er, ohne ein weiteres Wort der Erklärung, und Oksana hakte nicht nach. Zwischen ihnen schien ein unausgesprochener Pakt zu bestehen: Sie fragte nicht, warum er in Winterjacke in einer eiskalten Wohnung saß. Und er forderte keine Erklärung dafür, wieso sie zerzaust und in Hausschuhen vor seiner Tür stand.

In der Wohnung hing ein seltsamer Geruch, den Oksana nicht einordnen konnte.

»Bist du allein?«

»U-hum.«

»Und deine Eltern?«

»Mein Vater ist in den Kreuzen, und meine Mutter …« Er schnippte gegen seinen Hals, was in der russischen Zeichensprache so viel bedeutete wie »betrunken«. »Seit Wochen im Suff. Irgendwo. Weg«, sagte er. »Der Strom ebenso. Abgestellt.«

Sie setzten sich auf den Teppich in dem dunklen Wohnzimmer, das Teelichtchen zwischen ihnen wie ein winziges Lagerfeuer. Und plötzlich wusste Oksana, warum sie fand, dass die Wohnung komisch roch. Es war die Abwesenheit eines bestimmten Geruchs. Sie saßen in einer Wohnung, in der seit Monaten nicht gekocht wurde.

»Zum Glück heizen die Nachbarn unter mir volle Kanne«, sagte Mammut.

»Hast du wenigstens Internet?«

Mammut schüttelte den Kopf. »Erzähl's niemandem, okay?«

Oksana sah sich um. In der Wohnung gab es nicht einmal einen Fernseher. Wahrscheinlich hatte die Mutter alles versoffen. Kein Wunder, dass Mammut nicht einmal ein Smartphone besaß. Vor diesem Hintergrund erschien Mammuts schmerzhafte Durchschnittlichkeit fast bewundernswert. So viel Energie ging bei ihm dafür drauf, Normalität vorzutäuschen, dass für jegliche Extras keine Kraft blieb.

Mammut blickte stumm auf Oksanas halb nasse, halb eisverkrustete Hausschuhe, zog sie ihr aus, ohne eine Frage zu stellen, und steckte ihre Füße unter seine Jacke, an seinen warmen Bauch.

Sie starrten eine Weile schweigend in die tänzelnde Flamme des Teelichts. Als Oksanas Füße aufgetaut waren und zu kribbeln begannen, erhob Mammut sich und umarmte sie von hinten. Seine Arme drückten ein wenig zu fest gegen Oksanas Brustkorb, und trotzdem hatte sie das Gefühl, dass ihr der erste tiefe Atemzug seit Stunden gelang.

»Erzähl«, sagte er.

Und sie erzählte.

TEIL II

KAPITEL 12

LENA

KRYLATOWO

Das grelle Scheinwerferlicht leuchtete den Schnee aus wie die Lampe eines Mikroskops einen Objektträger. Lena fühlte sich wie eine Mikrobe, die dabei beobachtet wurde, ob sie unter Extrembedingungen überlebte. Es hatte minus 15 Grad, und was sie am Leib trug, war mehr Ausschnitt als Kleid, darüber eine winzige Pelzweste. Lena versuchte ihre Posen schneller zu wechseln, um sich aufzuwärmen: Arme über dem Kopf, Arme an der Taille, Arme hinter dem Kopf. Zur rechten Seite drehen, den Rücken strecken, zur linken Seite drehen. Aber bereits nach zehn Minuten zitterte sie wie eine antike Waschmaschine im Schleudergang.

Eine Wand aus Gaffern umrandete das Shooting und fotografierte, wie Lena fotografiert wurde. Die chinesische Crew wollte unbedingt am Stadtrand von Sankt Petersburg schießen, vor einer ganz bestimmten Reihe Plattenbauten, die sie aus irgendeinem Grund besonders attraktiv fanden. Für Lena waren sie nur durch den Grad ihres Verfalls von anderen zu unterscheiden. Der Schnee peitschte ihr ins Gesicht, so dass die Maskenbildnerin ihr Make-up alle fünf Minuten nachbessern und ihr die

Schneeflocken von der Pelzweste fegen musste. Sie selbst durfte die Weste unter keinen Umständen anfassen, denn sie war teuer.

Tagelang hatte Lena sich ausgemalt, wie ihre Eltern sie vom Flughafen abholen würden und sie ihr Gesicht im dürren Busen ihrer Mutter vergrub. Sie würden zusammen mit dem Bus nach Hause fahren, zu Schwarztee, zu selbstgemachten Pelmeni. Zu Oksana.

Stattdessen wurde sie nach zwanzig Stunden, die sie in Flugzeugen und an Flughäfen verbracht hatte, direkt zum Shooting gefahren.

Steve hatte seine alten Verbindungen spielen lassen und die Foto-Crew eines chinesischen Indie-Magazins, das gerade für eine Reportage in Sankt Petersburg war, davon überzeugt, eine Modestrecke mit Lena zu machen. Am Telefon bezeichnete er Lena als »sibirische Antilope« – obwohl Sankt Petersburg nicht in Sibirien lag und es weder dort noch sonst wo in Russland Antilopen gab. »Stimmt schon«, sagte Steve in den Hörer, »Lena ist kein *Commercial girl*, aber mager und interessant genug.« Und sie wollten doch wohl nicht die neue Sascha Piwowarowa verpassen – das nächste seltsame, glupschäugige Gesicht, mit dem man Luxusgüter, die keiner brauchte, an Menschen, die schon alles hatten, verkaufen konnte.

Am Ende des Telefonats willigte der chinesische Fotograf trotz des straffen Zeitplans seiner Crew ein. Vielleicht hatte Steve die richtigen FOMO-Knöpfe gedrückt, vielleicht war der Fotograf ihm auch noch einen Gefallen schuldig. Ein nicht zu unterschätzendes Argument war sicherlich, dass Steve angeboten hatte, Lena ohne Gage arbeiten zu lassen.

Doch der Tag, an dem Lena in Sankt Petersburg landete, war für die chinesische Crew der letzte in Russland, und sie hatten es eilig und die Nase längst gestrichen voll. Russland war für sie eine Riesenenttäuschung gewesen. Das Essen war schrecklich. Der Schnee kein fotogener weißer Teppich, sondern eine gräuliche Fußmatte, an der Millionen Menschen ihre Schuhe abgetreten hatten. Und wo zur Hölle waren die Nordlichter? Kein einziges hatten sie gesehen und würden eins reinphotoshoppen müssen.

Ein Teil der chinesisch-amerikanischen Crew hatte sich am Vortag den Magen an Pelmeni verdorben, und auch der Rest war angespannt und unausgeschlafen. Der Fotograf hatte die schlechteste Laune von allen. Er fror in seiner Daunenjacke, schnauzte genervt die umherstehenden Russen an und Lena mit dazu.

»Ausdrucksvoller!«, brüllte er ständig in näselndem Englisch. »Dramatischer!« Irgendwann verlor er die Geduld und justierte Lenas Gesicht nach seinen Vorstellungen, drückte ihr Kinn hoch und schob seinen Daumen in ihren Mund, damit sie ihn leicht öffnete. »Jetzt auf keinen Fall bewegen«, sagte er, trat einen Schritt zurück, hielt die Kamera vor seine Augen. Lena wagte kaum zu atmen. Der Fotograf spitzte die Lippen.

Und spuckte ihr ins Gesicht.

Im selben Moment drückte er auf den Auslöser. Lena war so entsetzt, dass ihre Züge tatsächlich einfroren. Die Spucke rann ihr die Wange hinunter, während der Fotograf unaufhörlich auf den Auslöser drückte.

»Bleib so«, sagte er. »Ja, genau so! Sehr guter Ausdruck in den Augen! Phantastisch! Die Spucke kann ich in der Nachbearbeitung rausmachen.«

Lena war so schockiert, dass sie zunächst weder Wut noch Erniedrigung spürte. Ihr einziger Gedanke: Ich hoffe, die Gaffer haben das nicht mitbekommen. Aber wie hätten sie es aus der Ferne sehen sollen? Der Wind wehte Gesprächsfetzen zu ihr herüber, in denen gerätselt wurde, ob sie Dilana Trance war – eine russische Popsängerin, die während ihrer Abwesenheit in die Charts aufgestiegen war.

Und dann sah Lena sie.

Oksana trug ihre alte schwarze Daunenjacke, eine neue Mütze und einen Armvoll Zweige mit weißen Blüten. Lena hatte das Gefühl, dass ihr Herz kurz aussetzte und dann doppelt so schnell weiterschlug – eine Art Schluckauf, links in der Brust. Sie wollte weinen und Oksana anfassen, an ihr schnuppern wie ein Tier. Sie empfand Scham, weil Oksana die Spuckaktion gesehen haben könnte, und Wut, weil sie die Dreistigkeit besaß, beim Shooting aufzukreuzen. Aber auch Stolz, dass ihre Freundin sehen konnte, wie begehrt sie war. Und Angst, dass Oksana vor der ganzen Crew in ihrer billigen Winterjacke zu ihr herüberkommen könnte, um hallo zu sagen. Ein Gefühlscocktail, der Lena paralysierte, sie entscheidungsunfähig machte.

Oksana lächelte sie an, und Lena versuchte, ihren Blick so leer wie möglich wirken zu lassen.

Es wäre nicht absurd, zu behaupten, dass sie Oksana im Schneesturm zwischen den Gaffern nicht gesehen hatte.

»Die Close-ups hätten wir dann. Pause«, rief der Fotograf ein paar Minuten später.

Die Maskenbildnerin wischte Lena die Spucke von der Wange, legte ihr eine Decke um die Schultern und gab ihr einen Plastikbecher, gefüllt mit heißem Wasser, das Lena aus einem Strohhalm trank, um ihren Lippenstift nicht zu verschmieren. Aus den Augenwinkeln sah sie Oksana schüchtern winken. Hastig drehte Lena sich weg.

Als sie wieder vor der Kamera stand, war Oksana verschwunden und Lena plötzlich unsicher, ob sie sich das Ganze nicht eingebildet hatte. Die Winterjacke, die Oksana anhatte, trug schließlich jede Zweite in Russland.

Der graue Februartag wirkte schon um 16 Uhr 30 wie Mitternacht, die Chinesen froren und beendeten das Shooting zwei Stunden früher als geplant. Sie hatten es eilig, zurück in die Wärme des Hotels zu gelangen, und deshalb nicht einmal mehr Zeit für eine Abschiedsumarmung. Immerhin drückten sie Lena 1000 Rubel für ein Taxi in die Hand. Sie steckte das Geld allerdings lieber ein und fuhr stattdessen mit dem Bus nach Hause.

Die Mutter wollte sich gerade auf den Weg machen, Lena vom Shooting abzuholen, als ihre Tochter unverhofft vor der Haustür stand. Weinend fiel sie ihr um den Hals, dann arbeitete sie sich mit Maschinengewehrgeschwindigkeit durch den Standardfragenkatalog russischer Eltern: Lebst du? Bist du gesund? Hast du gegessen?

»Na, na, na«, sagte Lena, als sie die Tränen der Mutter mit dem Ärmel ihres Pullovers trocknete. »Ihr habt nicht geweint, als ihr mich verabschiedet habt. Wieso heulst du jetzt, wo ich zurückkomme?«

Dabei spürte sie es selbst, dieses Kribbeln hinter den Augen, das sie kannte, wenn ihr Kopf nicht weinen wollte, aber ihr Körper doch. Bei besonders kitschigen Stellen in besonders kitschigen Filmen, zum Beispiel, oder bei YouTube-Videos, in denen Soldaten nach Jahren mit ihren Hunden wiedervereint wurden.

Lena war noch nie so lange fort von zu Hause gewesen. Nach drei Monaten in Shanghai sah sie ihre Eltern mit den Augen einer Fremden, so, wie alle anderen sie wahrnehmen mussten. Sie waren nicht steinalt, aber ihre Sterblichkeit erschien nicht mehr wie ein abstraktes Konzept. Der Vater trug sein faltiges Gesicht und seinen abgearbeiteten Körper stolz vor sich her wie eine Held-der-Arbeit-Auszeichnung seiner Autofabrik. Die Haut am Ausschnitt der Mutter war fleckig und krepppartig. Die Haare, Strickjacken und Zähne ihrer Eltern gingen von einem in denselben Farbton über: Zigarettengelb.

Lena hatte eine sorgfältig gefilterte Version ihrer Shanghai-Zeit vorbereitet und freute sich sogar ein bisschen, sie ihren Eltern vorzutragen. Am schönsten war das Modeln, wenn man gerade nicht modeln musste, sondern darüber erzählen konnte, wie toll es war. Aber die Eltern waren zu aufgeregt, um zuzuhören, wussten beide nicht, wohin mit ihren Gefühlen, boten ihr abwechselnd alle Lebensmittel an, die der Kühlschrank hergab, ließen ihr eine Badewanne ein, stellten Fragen, unterbrachen sie mitten in der Antwort, um ihr von den Schweinen der Nachbarn aus dem ersten Stock zu berichten oder den Eheproblemen von Oksanas Eltern. Nach einer halben Stunde schickten sie Lena ins Bett – sie sollte sich ausruhen bis zum Abendessen, zu dem sie auch die Marininy eingeladen hatten.

»Keine Widerrede! Du bist seit Ewigkeiten auf den Beinen«, mahnte die Mutter, obwohl Lena viel zu aufgekratzt war, um schlafen zu können. Die Einzige, die sich wie gewohnt verhielt, war Baba Polja: Sie registrierte Lenas Rückkehr mit derselben Selbstverständlichkeit, mit der sie zuvor ihre Abwesenheit hingenommen hatte. Vielleicht hatte sie aber auch gar nicht mitbekommen, dass Lena verreist war.

Auf Lenas aufgeklapptem Schlafsessel lag die vertraute verwaschene Bettwäsche, darauf ihr zerschlissener und zerliebter Plüschhase. In der Küche brühten ihre Eltern den grünen Tee auf, den sie aus China mitgebracht hatte. Ein paar Gesprächsfetzen drangen zu ihr: »Noch dünner geworden«, »so erwachsen«, »Augenringe«, »Grüntee muss man bei 70 Grad zubereiten, nicht mit kochendem Wasser«.

Lena hatte vergessen, wie bequem ihr Schlafsessel war. Während der vergangenen zehn Jahre hatte er sich exakt ihrem Körper angepasst – oder umgekehrt, ihr Körper sich dem Schlafsessel. Lena zog sich die Bettdecke über den Kopf und malte sich aus, wie Oksana anderthalb Stunden später in der Küche stehen würde, mit ihrem armdicken Zopf, ihrer ansteckenden, wiehernden Lache und ihrer Haut, die stets nach süßem Blätterteig roch.

Aber die Marininy kamen ohne ihre Tochter. Um genau zu sein, kam nur Oksanas Mutter, setzte sich hin und begann sofort, an einem Hühnerbein zu kauen. Es gab »Bush-Schenkel« zum Abendessen, die Lenas Mutter seit den Neunzigern so nannte, auch wenn sie längst nicht mehr aus den USA importiert wurden.

»Wer weiß schon, wo der sich rumtreibt?«, antwortete Oksanas Mutter mit falscher Gleichgültigkeit auf die Frage nach ihrem Ehemann. »Und Oksana hat sich direkt nach der Schule ins Bett gelegt. Hab sie nicht wach bekommen. Dabei hat sie sich so auf dich gefreut! Muss die Grippe sein, die gerade rumgeht.«

Lenas Eltern hatten den gesamten Inhalt ihres Kühlschranks auf den Tisch gepackt, sogar ein paar Joghurts und zur Feier des Tages einen Käse aus dem »All right«-Supermarkt. Lena aß alles durcheinander, als gelte es, die Monate wettzumachen, in denen sie sich nur von Instant-Ramen ernährt hatte. Nach dem zweiten Hühnerschenkel aber merkte sie, dass sie nur Nachschlag verlangte, damit die Gesichter ihrer Eltern aufleuchteten.

»Ich gehe mal wieder Richtung Bett«, sagte sie schließlich. »Zwanzig Stunden Flug! Aber kann ich vorher noch den Plüschpanda auf Oksanas Bett legen? Den habe ich ihr extra aus China mitgebracht.«

Im Flur der Marininy hielt sie kurz inne, um den Wohnungsgeruch einzusaugen, den vertrauten Duft von Haushaltsseife und Kohl. Behutsam öffnete sie dann die Tür zu Oksanas Zimmer.

»Oksanka? Schläfst du?«, fragte sie leise.

Als Antwort kam nur ein Quietschen des Betts – Oksana hatte sich zur Wand gedreht. Lena stieg die Leiter zu ihr hoch, streichelte ihr Gesicht mit dem Fell des Plüschpandas.

»Schau mal, was für hohen Besuch du hast«, sagte sie, aber Oksana schlief stur.

Lena legte sich zu ihr ins Bett, umarmte ihren Körper von hinten und spürte, wie die Rippen der Freundin sich hoben und wieder senkten.

Sie vergrub ihr Gesicht unter Oksanas Haar, dort, wo es besonders intensiv nach ihr roch. Oksana-Konzentrat. Es gab nichts Besseres als die richtige Menge an Körpergeruch am richtigen Menschen.

Jetzt war sie wirklich zu Hause.

Wie hatte sie jemals weggehen können?

Und wofür? Für Rafik? Für Steve? Für Spucke im Gesicht?

»He, aufwachen«, flüsterte sie in Oksanas Nacken.

Oksana rührte sich nicht und atmete unverändert

gleichmäßig, doch Lena konnte spüren, dass ihr Herz schneller schlug – oder war es ihr eigener Puls, der so laut in ihren Ohren pochte?

»Dann schlafe ich eben auch«, sagte Lena.

Ihre Eltern waren wahrscheinlich schon wodkaselig und hatten sie vergessen. Sie streifte ihre Jeans ab und schmiegte sich wieder an Oksana. Mit ihr war es wie mit dem Sesselbett. Jede Kuhle, jede Kante passte. Sie schliefen in dieser Position, seit sie Kinder waren. In all diesen Jahren waren ihre Knochen passend zueinander gewachsen, wie Puzzlestücke.

Lena horchte in die Stille hinein und versuchte in demselben Rhythmus zu atmen wie Oksana.

Schlafen. Sie wollte ja nur schlafen.

Aber Oksanas Geruch weckte einen Hunger, den Lena verdrängt hatte. Nach einer Zeit, die sie als angemessen für ein glaubwürdiges Einschlafen erachtete, ließ sie ihre Hand wie beiläufig auf Oksanas Bauch fallen.

Es zählte nicht, wenn es nur der Bauch war. Und vielleicht noch ein bisschen darüber. Aber nur bis zu der Stelle, wo der Rippenbogen in die Brust überging.

Es zählte nicht, wenn es nur die Brüste waren, und nicht die Nippel.

Es war ihr uraltes Spiel mit uralten Regeln. Oksana bewegte sich nicht. Nur die Zehen ihrer Füße ballten sich, der einzige Seismograph ihrer Lust.

Es zählte nicht, wenn es nur die Außenseite der Oberschenkel war. Es zählte nicht, wenn es die Innenseite war, solange man nicht.

Es zählte nicht, solange man nur kurz.

Und dann zählte alles nicht mehr.

KAPITEL 13

OKSANA

DA

Blumen sind ja bloß Pflanzenmuschis, pflegte Lena zu sagen, seit sie im Biologieunterricht Bestäubung durchgenommen hatten. Trotzdem schnitt Oksana, als sie erfuhr, dass ihre Freundin für drei Wochen nach Hause kommen würde, Zweige vom Apfelbaum im Park ab und stellte sie in ein Gurkenglas voll Wasser.

In der Wärme der Wohnung bildeten sich kleine weiße Wölkchen um die Zweige. Am Tag von Lenas Heimkehr schwänzte Oksana die Schule, nahm die blühenden Zweige aus dem Gurkenglas, suchte den Ort des Shootings auf Google Maps und fuhr hin. Lenas Eltern wollten nicht dabei sein, sondern ihre Tochter erst danach abholen. Sie mussten arbeiten, womöglich genierten sie sich auch, von Lenas neuen glamourösen Kollegen gesichtet zu werden.

Oksana hätte die windige Plattenbausiedlung nie mit Modeaufnahmen in Verbindung gebracht. Als sie aus dem Bus stieg, fragte sie sich kurz, ob sie sich in der Adresse geirrt hatte, entdeckte dann aber die Menschentraube um das Set. Lena stand da mit angewinkelten Armen, ihr Gesicht so weiß wie teures Druckerpapier. Der eisige

Wind toupierte ihre Haare auf Instagram-taugliche Art und Weise und wehte gelegentlich ein paar Stative um. Lenas Mimik aber blieb wie festgetackert und änderte sich auch nicht, als Oksana praktisch vor ihr stand. Es trennten sie nur wenige Schritte voneinander, aber Lena schien so unerreichbar, als befände sie sich am anderen Ende der Finnischen Bucht.

In der Pause sah sie nicht einmal in Oksanas Richtung. Ein Schneesturm braute sich zusammen. Die Apfelblüten starben langsam in der Kälte. Drei Monate. Sie hatten sich drei Monate lang nicht gesehen. »Zu beschäftigt« war Lena mit all diesem Nicht-Essen, Nicht-Blinzeln, Sich-nicht-Bewegen gewesen, das jetzt ihr Beruf war.

Oksana lief los, ohne bestimmtes Ziel. Nach einem halben Kilometer warf sie die Apfelzweige weg, nach weiteren 400 Metern beschloss sie, nie wieder ein Wort mit Lena zu sprechen.

Doch dann kroch Lena in ihr Bett und verbrannte sie mit ihren ewig kalten Füßen. Oksana wollte nicht mit diesen 87-57-84-Modellmaßen verbunden sein, aber gegen ihren Willen entspannte sich ihr Körper in Lenas Nähe. Lena legte einen Arm um ihren Bauch. Oksana schielte auf ihre Hand, die sie auswendig kannte, die abgeknabberte Nagelhaut, die ehemals dreckigen Nägel, die jetzt lackiert waren, die sichelförmige Schramme auf dem Handrücken – eine Erinnerung an den Nagel, an dem Lena beim Fangenspielen in der zweiten Klasse hängengeblieben war. Lenas Hand wanderte nach oben und dann nach unten, und die Zeit begann sich zu dehnen, zu zerfließen, verlor jede Gültigkeit.

Was waren schon drei Monate, wenn sie da war, jetzt. Am nächsten Morgen wachten sie, zusammengeschmolzen zur siamesischen Meerjungfrau, auf. Lena tat völlig überrascht, als Oksana sie auf das Shooting ansprach.

»Du warst da? Wirklich?«, fragte sie mit großen Augen. »Die Reflektoren blenden immer so. Und außerdem standen so viele Menschen ums Set herum.«

Oksana hakte nicht nach. Jemanden zu lieben erforderte bisweilen ein wenig mentale Chirurgie.

Das Wichtigste war: Sie war da.

Sie war da.

KAPITEL 14

LENA

STRAND

Zum Mittag aßen sie jede zwei Eskimo-Stieleis. Durch ein irres Versehen der Natur schien die Februarsonne seit zwei Tagen fast Mai-warm, und die zweite Portion Eis rann ihnen in schmalen Sahnebächlein die Finger hinunter. Oksana und Lena leckten sie von ihren Handgelenken, bevor sie in die Jackenärmel hineinliefen.

Sie waren nach Sankt Petersburg gefahren, um in eine der verbilligten Nachmittags-Kinovorstellungen zu gehen. Aber das Wetter war so gut, dass sie das Geld lieber in Eis und neuen Lipgloss investierten und über die prächtigste Straße der Stadt spazierten. Jetzt saßen sie auf der Bordsteinkante neben dem Eiswagen, der vor der Kasaner Kathedrale parkte, blinzelten faul in die Sonne und sagten wenig. Lena hatte das Gefühl, dass ihr Gehirn sich gemütlich in ihrem Kopf zusammengerollt hatte, wie eine Katze, und eingeschlummert war.

Die Tage in der Heimat reihten sich so einförmig und so leicht aneinander, wie sie es sonst nur während der großen Sommerferien taten. Es hatte eine Woche gedauert, bis Shanghai so weit weg schien, wie es tatsächlich war: 7000 Kilometer. Manchmal scrollte Lena noch durch die Instagram Feeds der Models aus ihrem Apartment, durch all die Schmollmund-Selfies, die gekonnt ins Bild gerückten Cocktailgläser, das gut ausgeleuchtete künstliche Freitagabend-Glück. Kurz spürte sie das Piksen des Nicht-Dabeiseins, aber hauptsächlich Bewunderung dafür, dass die Mädels es schafften, ihr tristes Leben dort als Hochglanzstrecke zu inszenieren.

Krylatowo umwickelte sie mit einer windstillen, wohligen, etwas stickigen Zufriedenheit. Die Grundgereiztheit, die vor Shanghai Lenas Verhältnis zu ihren Eltern definiert hatte, war umgeschlagen in eine Art zärtliche Herablassung.

Früher war Lena explodiert, sobald ihre Mutter ihr eine dieser genetisch installierten Elternfragen gestellt hatte: Wohin? Mit wem? Wie lange? Inzwischen konnte sie sich zu einem vollständigen Antwortsatz durchringen, ohne hochzugehen. Und die Antwort war immer kurz und immer dieselbe: Zu Oksana, klopf einfach an die Wand, wenn du was brauchst.

Am Morgen nach Lenas Rückkehr wachten die beiden Freundinnen ineinandergeschlungen in Oksanas Hochbett auf, als deren Mutter das Licht im Zimmer anknipste.

»Wir haben so lange gequatscht, dass wir eingeschlafen sind«, ratterte Lena schnell zur Erklärung herunter.

»Ich fühle mich immer noch ziemlich grippig«, beeilte sich Oksana zu sagen.

Die Mutter zog ihre dünngezupften Augenbrauen hoch.

»So?«, sagte sie. »Dann sollte Lena aber nicht hier übernachten, sonst steckst du sie noch an.«

Aber dann meldete sie Oksana doch in der Schule

krank – und Lena konnte sich nicht daran erinnern, wann sie dieser Frau das letzte Mal so dankbar gewesen war.

Das Übernachtungsverbot war nach zwei Tagen vergessen, zu gefüllt schien der Arbeitsspeicher von Oksanas Mutter mit Selbstmitleid und Hass auf ihren Ehemann. Sie hämmerte zwar schon um 7 Uhr gegen Oksanas Tür und ließ nicht locker, bis Lena und ihre Tochter am Frühstückstisch saßen. Doch kaum war sie aus dem Haus, schlüpften die beiden zurück unter die Decke, pressten ihre Körper aneinander, bis ihre Herzen synchron schlugen, und schliefen weiter.

Später schmiedeten sie im Bett Pläne für ihre gemeinsame Geburtstagsparty, standen auf, um sich das Mittagessen aufzuwärmen, legten sich aufs Sofa. Zusammen Zähne zu putzen, den Boden zu wischen, Brot zu kaufen – all die nervigen kleinen Dinge, sonst nur lästige Instandhaltung des eigentlichen Lebens, waren plötzlich das pure Leben selbst.

Sonne auf der Haut, Oksanas Geruch in der Nase, Eis in der Hand – was genau war dieses Mehr, das sie gewollt hatte?

»Eis!«, schrie ein Kind, vielleicht vier, höchstens fünf Jahre alt, als es am Eiswagen vorbeilief. »Eis! Ich will!«

»Nein, Schatz«, sagte der professorenhaft aussehende Vater, an dessen Hand das Kind hing.

»Eis! Will Eis! Will!«

»Hast du ein paar bessere Argumente?«

Das Kind hielt kurz inne.

»AHHH! WILL! WILL! EIIIS!« Sein Kreischen hatte die Schrillheit einer Bohrmaschine angenommen, die sich in eine Wand frisst. Einige Passanten drehten sich um, eine ältere Dame schüttelte den Kopf.

»WIIILL! AHH! AHHHHH!«

»Unschlagbares Argument«, sagte der Vater und wandte sich der Verkäuferin zu. »Einmal Zitrone, bitte.«

Das Kind schnappte das Eis aus den Händen des Vaters und sprintete damit auf die Wiese vor der Kasaner Kathedrale, um es in Sicherheit zu essen. Lena musste an die Katze aus dem chinesischen Mondscheinpark denken, die ihr öliges Taschentuch verteidigt hatte. Das Kind schlang das Eis in riesigen Bissen herunter, dann rannte es im Kreis um das Rasen-betreten-verboten-Schild.

»Im ersten Blockadefrühling hat man hier, direkt vor der Kasaner Kathedrale, Kohl angebaut«, sagte Oksana. »Die russischen Soldaten hatten es geschafft, ein paar Säcke Samen hinter den Blockadering zu schmuggeln. Alle Grünflächen der Stadt wurden zu Beeten umgegraben. Sogar vor der Isaakskathedrale wuchs Gemüse.«

»Kohl vor einer Kirche? Quatsch!«

»Doch, doch! Manche Kirchen wurden sogar zu Treibhäusern umfunktioniert.«

»Fanden die Touristen bestimmt nicht so toll.«

»Touristen? Im Krieg? Die Stadt war umzingelt. Menschen waren zu Tausenden gestorben …«

Lena fand, dass Oksana, seit sie an ihrer Abschlussarbeit schrieb, eine seltsame Obsession entwickelt hatte, was die Kriegsgeschichte der Stadt anging. Ständig erzählte sie von irgendwelchen widerlichen Rezepten und zitierte Kriegsstatistiken. Aber gut, Geschichte war ihr Lieblingsfach, und sie hatte schon immer etwas Streberhaftes gehabt.

Außerdem war Lena froh, dass Oksana sie nicht mit Fragen zu Shanghai löcherte, sondern sich mit der offiziellen Version abspeisen ließ, die sie für alle Interessierten vorbereitet hatte: Alles super, die Kunden respektvoll, der Agent fähig, die anderen Models supernett, nur das Essen natürlich nicht so gut wie zu Hause, und die Chinesen spucken überall herum. Manchmal, wenn Lena ihre Shanghai-Erzählung vortrug, beneidete sie sich selbst. Und manchmal war sie knapp davor, Oksana die Wahrheit anzuvertrauen. Doch ihr innerer Pressesprecher hielt sie stets in letzter Sekunde davon ab. Also ließ sie sich lieber mit Oksanas Kriegshorrormärchen von gebratenen Hunden und stummen, vogellosen Parks berieseln.

»Die Menschen waren so ausgehungert, dass sie das Gras aus den Parks aßen wie Ziegen, vom Boden direkt in den Mund. Sie kauten Löwenzahnblüten wie Bonbons. Im Taurischen Garten pflückten Frauen Brennnesseln für die Suppe. Mammut hat mir einmal erzählt, dass sein Opa ...«

»Mammut? Dieser Gopnik? Seit wann hast du eigentlich mit dem was zu tun?«

»Ach, wir quatschen so, wie man in der Schule halt so quatscht.«

»Außer ihm hat dir aber niemand sonst aus der Klasse Hausaufgaben gebracht.«

»Er will nur von mir abschreiben, deshalb.«

Lena fand zwar, dass man unmöglich eifersüchtig auf Mammut sein konnte – diesen grobschlächtigen Kerl mit Händen so groß wie Spaten. Aber sie war es trotzdem. Eifersüchtig darauf, dass Oksana rot wurde, wenn Mammut mit den Hausaufgaben vor ihrer Tür stand. Darauf, dass Oksanas Mutter regelmäßig fragte, wann denn »der nette Klassenkamerad« wiederkäme, und gleichzeitig mahnte, dass sie »mit dem bloß aufpassen solle«.

Die Vorstellung, dass Oksanas Mutter herausfinden würde, was ihre Tochter und sie nachts machten, erfüllte sie mit Panik. Zugleich war sie absurderweise neidisch darauf, dass Mammut niemals bei Oksana übernachten dürfte. Männer waren eine Gefahr. Und wenn etwas als gefährlich eingestuft wurde, hieß das doch, dass es echt war. Dass es galt. Ein Junge musste einem Mädchen nur ein Federmäppchen über den Kopf ziehen, schon hieß es: »Was sich neckt, das liebt sich!« Oksanas Mutter konnte zwei halbnackte Frauen eng umschlungen in einem Bett vorfinden, und die einzige Erklärung, der es bedurfte, war: »Wir haben so lange gequatscht, dass wir eingeschlafen sind.«

Selbst Steve hatte mehr Existenzberechtigung in ihrem Leben als Oksana. Sie zeigte ihrer Mutter die Nachrichten, die er ihr in den letzten zwei Wochen geschickt hatte: »What's up?« »U good?« »Miss u«. Und die Mutter holte ihre Brille und guckte die Nachrichten so ernst und feierlich durch, als würde sie tatsächlich Englisch verstehen.

Lena reagierte auf Steves nichtssagende Nachrichten mit genauso kurzen und nichtssagenden Antworten. »All good :)))«, »Miss u 2«, »See you soon«. Sie war noch nie gut darin, Nachrichten zu schreiben, und sehr erleichtert, dass es Steve genauso ging. Am liebsten hätte sie gar nichts von ihm gehört. Sie wollte ihr Leben in China aus Krylatowo fernhalten, so, wie sie vier Monate zuvor alle Gedanken an Zuhause ausgeblendet hatte.

Die einzigen E-Mails aus Shanghai, über die sie sich freute, waren die von Ljudmila. Erst am Tag zuvor hatte sie ihr geschrieben, dass Alima es geschafft hatte: Eine französische Agentur holte sie für die Fashion Week nach Paris. Katarzyna war nach Polen zurückgegangen. Sie hatte am vergangenen Donnerstag, dem Clubpflicht-Donnerstag, erfahren, dass sie die Abschlussprüfungen an der Fernuni bestanden hatte. Als Rafik vorschlug, gleich im Club darauf anzustoßen, hatte sie gesagt, dass er sich selbst in den Arsch ficken solle, und sich geweigert, mitzukommen. Zwei Tage später hatte sie ein Flugticket zurück nach Polen. Aufstandsversuche wurden in der Model-WG nicht geduldet und sofort sanktioniert. Sie waren ansteckend wie Grippe. Ljudmila schrieb, dass sie zum ersten Mal ein echtes Lachen in Katarzynas Gesicht gesehen habe, als sie ihr Ticket in der Hand hielt.

Vielleicht war die Voraussetzung für ein echtes Lachen, dass man beruflich nicht mehr dazu verpflichtet war, dachte Lena. Sie hätte zu gern Rafiks Gesicht gesehen, als Katarzyna ihm den Mittelfinger zeigte.

»Was gibt es da zu grinsen?«, riss Oksana sie aus ihren Gedanken. »Ich habe dir gerade von Massenfriedhöfen erzählt.«

»Ich? Ach, nichts«, sagte Lena. »Ich habe voll Lust auf ein paar Krapfen. Unser Mittagessen braucht einen Nachtisch.«

Sie spazierten zu ihrem Lieblingscafé in Sankt Petersburg, wo der Milchkaffee aus einem riesigen Topf mit einer Schöpfkelle serviert wurde und es frittierte Krapfen mit Zuckerpuder für nur 30 Rubel das Stück gab. Oksana gönnte sich gleich drei davon. Danach spazierten sie über den Newski-Prospekt zur Ermitage (»Im Blockadewinter hat sich hier im Keller die Intelligenzija vor den Nazibomben versteckt und die Farbe gegessen, die für die Museumsfassade bestimmt war«, erzählte Oksana). Sie liefen weiter über das Marsfeld – »stell dir vor, Flugabwehrkanonen überall, und dazwischen Kartoffelbeete« – zum Sommergarten. Dort schlenderten sie die Hauptallee hinunter – »sie war völlig zerbombt, die riesigen Bäume lagen entwurzelt herum« – und steuerten auf die Peter-und-Paul-Festung auf der Haseninsel zu. Als sie über die Brücke gingen, kamen ihnen zwei Frauen entgegen. Sie hatten beide ein breites Kreuz und abrasierte Schläfen, trugen Lederjacken und bewegten sich so gleichgültig durch die Menge und deren Blicke, als wäre ihrem Ego eine Hornhaut gewachsen.

Oksana bemerkte sie nicht, sie war zu vertieft in ihren Bericht darüber, wie Menschen während der Blockade Löcher in das Eis der Newa schlagen mussten, um an Trinkwasser zu gelangen. Lena aber schaute dem Pärchen lange hinterher und versuchte dann, alle Gedanken daran zu verjagen. Nicht jetzt.

Der Tag war einfach zu schön.

Der Strand vor der Festung war voll, was im Februar ungewöhnlich war. Die Menschen hatten sich ihrer Mützen und Schals entledigt und hielten ihre Gesichter in die Sonne. Vor den Wänden der Festung, die vor Wind schützten und Wärme speicherten, hatten sich sogar ein paar ledrige Opas bis auf die Unterhosen ausgezogen. Es waren die lokalen »Walrosse«, die auch bei minus 20 Grad in der Newa badeten, um ihre Gesundheit mit Kälte zu stählen.

Lena und Oksana ließen sich in einer windstillen Ecke neben einer Rentnerin und ihrem uralten Jack Russell nieder. Der Hund hatte eine graue Schnauze und lichtes Fell mit bereits kahlen Stellen.

»Was für Flügel hätte der?«

»Weißgraue mit braunen Verläufen«, sagte Oksana.

»Und vielleicht ein paar Löchern. Wie von Motten zerfressen.« Lena schlang ihre Arme um Oksana – völlig überraschend, für sie beide. Oksana, zunächst verdutzt von so viel Zuneigung in der Öffentlichkeit, entspannte sich in die Umarmung hinein und parkte ihren Kopf an Lenas Brust.

Hätte sie jemand gefragt, Lena hätte gesagt, dass sie in diesem Moment glücklich war. Es war diese seltene Form von Glück, bei der man gleich wusste, dass es Glück war – und nicht erst im Rückblick. Sie hätte ewig so dasitzen können, hatte dann aber plötzlich den Eindruck, dass die Rentnerin irgendwie komisch zu ihnen herübersah.

»Komm, lass uns gehen«, sagte sie. »Meine Mutter wird sonst sauer.«

KAPITEL 15

OKSANA

FRÜHLING

Der Frühling schlug in die Stadt ein wie ein Meteorit. Die Hausfrauen trockneten Wäsche auf den Balkonen, um von der kurzen Verwirrung der Natur zu profitieren, bevor der Frost sich wieder zurückmeldete. Kinder tauschten Schlitten gegen Gummistiefel ein. Die Menschen lächelten, selbst die Fahrscheinkontrolleure – so ungelenk, als sei ihre Mimik in den letzten kalten Monaten eingerostet.

Sogar Lena schien entspannter zu sein als sonst. Als Oksana sich bei ihr unterhakte, protestierte sie nicht, und auch ihr Blick war nicht so gehetzt wie sonst, wenn sie zu zweit unterwegs waren. Der Sandstreifen neben der Peter-und-Paul-Festung fühlte sich trotz Februar und dicker Jacke an wie ein echter Strand. Ihr Bauch war voll mit den zwei Portionen Eis und den drei Krapfen und ihr Kopf so angenehm leer wie seit Monaten nicht mehr.

Es war unglaublich, was der Mensch alles verdrängen konnte, sobald man ihm einen Knochen Glück hinwarf.

Ihre Eltern waren kalt zueinander wie eh und je. Der E-Mail-Strom aus dem Forum versiegte nicht, im Gegenteil. Die Nachrichten wurden immer mehr und immer dreister. Und *Dünner* war und blieb tot. Aber all das rückte in den Hintergrund, solange sie sich an Lena sattsehen, sattriechen, sattfühlen konnte.

Sie küssten sich nicht. Sie machten keine Geräusche. Die Augen blieben geschlossen, aber nachts, wo zuvor nur Hände und Finger geforscht hatten, forschten jetzt auch Lippen. Es war viel irrsinniger, als Oksana es sich vorgestellt hatte, sofern so etwas überhaupt vorstellbar war. Ein Gewebe-Origami, das intensiv menschlich schmeckte. Man würde sicherlich keine Eiscremesorte in der Geschmacksrichtung erfinden, aber es war gut, richtig gut.

Manchmal träumte Oksana von *Dünner*, auch wenn sie ihr Gesicht gar nicht kannte, nur Fotoausschnitte ihres knochigen Körpers. Das schlechte Gewissen kam in Schüben, wie Zahnschmerz, den man gut verdrängen konnte, solange man abgelenkt war, und der dann in intensiven Wellen wiederkehrte, sobald der Kopf leerlief. Wenn eine E-Mail mit der Aufforderung kam, sich in dem Forum einzuloggen, tat sie es, verteilte Herzchen, ohne die Beiträge der anderen wirklich zu lesen. Manchmal beantwortete sie auch ein paar Nachrichten. Rezepte postete sie nicht mehr.

Der einzige Thread, den sie noch ernsthaft verfolgte, war der über *Dünner*. Auch Wochen nach ihrem Tod posteten die Userinnen Hunderte Beiträge, drückten ihr Beileid aus, suchten nach Gründen. Mehrmals hatte Oksana überlegt, zu schreiben, dass sie sich schuldig fühlte, dass sie vielleicht mitverantwortlich war. Aber das hätten die Admins ohnehin gelöscht. Und irgendwann war es zu spät.

Eines Morgens war der Thread verschwunden, einfach weg, zusammen mit allen Erinnerungen an *Dünner*. Gab man ihren Usernamen in das Suchfeld ein, tauchten nur noch Beiträge wie »5 Kilo dünner werden in 3 Tagen« auf oder »Macht Kälte dünner?«. Auch *Red_Star* gab es nicht mehr. Wahrscheinlich war den Admins die Sache zu heikel geworden. Sie agierten wie die unsichtbaren Diktatoren des Forums. Sie konnten entscheiden, wen es gegeben hatte und wen nicht. Hatten früher schon andere *Dünner* existiert? Es gab keinen Weg, das herauszufinden.

All das war aber seltsam egal, solange Oksana mit Lena auf dem Bordstein saß, die Schnuten in der Sonne. »Sommersprossenzüchten« nannte Lena das und verkündete, dass sie ausnahmsweise auf die Vertragsklausel pfiff, die ihr verbat, braun zu werden. Aber das war sowieso bloß Getue. Die Sonne konnte strahlen, wie sie wollte, ihr Gesicht blieb mozzarella-weiß.

Oksana lehnte sich an Lena, und überraschenderweise wandte ihre Freundin sich nicht ab wie sonst, auch nicht, als Oksana sich noch fester an sie presste. Oksana hatte das Gefühl, Lenas Körperwärme durch die dicke Jacke zu spüren. Sie fühlte sich schläfrig und hellwach zugleich. Wahrscheinlich war das richtige Wort dafür: lebendig.

Sie dachte darüber nach, dass der erste Blockadefrühling sich für die Bewohner ähnlich angefühlt haben müsste. Ein Schluck Leben nach einem langen Winter, der noch lange nicht vorbei war. Die Brotration wurde großzügiger. Fliederduft lag statt des Verwesungsgeruchs in der Luft. Es starben weniger Menschen – 100 000 im März, 50 000 im Mai, 25 000 im Juli. Die Wärme und das Gemüse halfen, am Leben zu bleiben, und die Schwächsten waren ohnehin schon gestorben. Die Versorgungslage verbesserte sich auch deswegen, weil die Regierung ein Drittel weniger Münder stopfen musste. Auf dem Heumarkt konnte man eine Damenjacke gegen ein Glas Kranbeeren tauschen oder gegen ein Kilo Brot.

Sie begruben die Leichen. Sie wuschen sich. Sie gingen sogar spazieren, die Frauen mit kleinen Blumensträußen in der Hand – Ringelblume, Löwenzahn, Veilchen, zunächst Accessoire, dann Salat.

Im April bimmelten zum ersten Mal wieder die Glocken der Straßenbahn. Die Fischer versuchten ihr Glück an der Newa. Die Menschen rollten wieder Teppiche aus und hängten ihre Bilder erneut an die Wände.

Dabei hielten die Nazis Leningrad unverändert in Schach. Die Wehrmacht stand nur wenige Kilometer entfernt von Sankt Petersburg. Und hatten die Deutschen im Winter noch an Munition gespart, feuerten sie nun gnadenlos gegen die Stadt. Hunderte Tote, Tausende Verwundete wurden täglich in die Krankenhäuser gebracht. Die Frontnachrichten – bedrohlich. Die Zukunft – ungewiss.

Über zwei Jahre sollte es noch dauern, bis die Blockade aufgehoben war. Und trotzdem lag eine leise Euphorie in der Frühlingsluft: Sie hatten überlebt. Sie hatten nicht aufgegeben.

Wenn Oksana davon erzählte, war es, als ob ihre Worte an Lenas Ohren vorbeirauschten. Sie tat es trotzdem. Das Sprechen darüber hatte etwas Therapeutisches. Und es lenkte Lena von Nachfragen zu Mammut ab.

Inzwischen kam er Oksana vor wie eine Bekanntschaft aus dem Ferienlager, der man sich eine Zeitlang sehr nahe fühlte. Der wichtigste Mensch der Erde für ein paar Wochen – und danach rief man ihn nie wieder an, weil er nichts gemein hatte mit dem Alltag.

Einmal brachte er ihr die Hausaufgaben vorbei. Lena stand die ganze Zeit o-armig neben Oksana im Flur und beäugte Mammut wie einen Schimmelfleck im Bad. Also drückte Oksana ihm bloß ein Heft in die Hand, das er extra für sie angelegt haben musste, und verabschiedete sich knapp.

Oksana schämte sich für Mammuts inflationären Deogebrauch und für seinen bulligen Gang, als wäre sie persönlich dafür verantwortlich. Sie hoffte inständig, dass er am nächsten Tag nicht wiederkam. Was er auch nicht tat. Woraufhin Oksana sich schuldig fühlte und ihm eine Einladung zu ihrer und Lenas Geburtstagsparty schickte, per Post.

Jeden Tag sprachen Oksana und Lena über diese Party. Sie war der zeitliche Horizont, den Oksana lieber nicht überschritt, der Stellvertreter für alle Gespräche über die Zukunft. »Bleibst du hier?«, hätte sie Lena gern gefragt, oder: »Was ist das, was wir tun?« Doch aus Angst vor der Antwort fragte sie stattdessen: »Sollen wir wirklich Tanja Dudakowa einladen, dieses Lästermaul?«, oder »Ich glaube, Ruslan aus der 10b kann uns Wodka besorgen, er ist schon über 18.« Und irgendwann lief jede ihrer Unterhaltungen auf die Party hinaus.

Sie verbrachten die gesamte einstündige Rückfahrt nach Krylatowo mit den Details, diskutierten während des ganzen Abendessens, ob sie lieber eine Torte wollten oder Eclairs.

Im Bett überlegten sie, wie sie am besten den Rauchgeruch aus der Wohnung bekämen, bevor die Eltern sich wieder blicken ließen. Ihre Oberkörper waren einander zugewandt, ihre Beine miteinander verflochten: Lenas rechter Oberschenkel zwischen Oksanas Schenkeln, ihre rechte Wade zwischen Oksanas Waden, ihre Füße berührten Oksanas Füße. Oksana hatte ihren Kopf auf einen Ellbogen gestützt und ließ ihre dunklen Haare um ihre beiden Gesichter fallen wie ein Zelt. Darin ließ es sich noch gemütlicher flüstern.

Lena erzählte von der Methode, den Rauch in Plastikflaschen zu pusten, aber eigentlich wartete sie nur darauf, dass die Wohnung um sie herum still wurde.

Als sie die Klospülung hörten und gleich darauf das Ächzen des Schlafsofas unter dem Gewicht von Oksanas Mutter, schlossen sie die Augen und legten ihre Köpfe auf das Kissen.

Sie hatten ihr gemeinsames Einschlafritual nicht aufgegeben, obwohl der Vorwand des Schlafes immer dünner wurde: Das, was sie in den letzten drei Wochen im Bett taten, folgte inzwischen einer komplizierten Choreographie, die definitiv Bewusstsein erforderte.

Oksanas Finger ertasteten die runde Impfnarbe an Lenas Oberarm, wanderten die Knubbel ihrer Wirbelsäule entlang, über den weichen Flaum auf ihrem Bauch, immer weiter nach unten. Lenas Finger taten dasselbe, bis Oksana nichts mehr wahrnahm außer ihrem Puls und dieser schön-schrecklichen Angst, es könnte aufhören, hier, hier, hier, nein, nicht hier, genau so, genau so … Es flackerte auf, mal stärker und mal schwächer, war weit weg und dann wieder sehr nah dran, als würde man am Rädchen eines Feuerzeugs drehen, das zu lange im Nassen gelegen hatte. Jetzt, jetzt, jetzt wird es zündeln. Es trieb einen in den Wahnsinn. Es war das schönste Verzweifeltsein der Welt, fast da, fast da. DA.

Kurz darauf hörte sie auch Lena nach Luft schnappen, spürte, wie sie zuckte, sog Lenas Atem ein, und ihre Lippen berührten sich.

Oksana erschrak so sehr, dass sie die Augen aufschlug. Sie sah Lenas helle Augen in der Dunkelheit leuchten, darin die Mischung aus Glück und Panik, die Oksana kannte, seit sie sich als Kinder in einer Zweimannschaukel gegenübersaßen und immer höher und höher schwangen, bis Lena schrie: »Lass uns ganz rum drehen! Ganz rum!«

Oksana hätte gern so viel gesagt, aber ihre Gefühle waren noch nicht zu Worten geronnen. Sie sah Lena direkt in die Augen, fixierte eines, betrachtete die hellblaue Iris mit gelben Verläufen um das Schwarz der Pupille. Ein Auge wie eine Sonnenfinsternis.

Jetzt ist das alles echt, dachte sie.

KAPITEL 16

LENA

COUSINEN

Sie sah Oksanas weit aufgerissene Augen, ihre graue Iris. Jetzt ist alles vorbei, dachte sie.

Das, was sie taten, konnte man unmöglich mit offenen Augen tun.

Sie hatte Oksanas Gesicht noch nie von so nahem betrachtet. Über Oksanas Nase breitete sich eine Milchstraße aus frischen Sommersprossen aus.

Lena spürte einen Sog, wie er manchmal von einfahrenden U-Bahnen ausging oder als stünde sie auf einem Hochhausbalkon. Sie hatte mal gehört, dass man so etwas Fallsucht nannte, aber das war alles Quatsch. Es ging nicht ums Fallen, sondern darum, dass der Augenblick mit so vielen Möglichkeiten aufgeladen war. Eine Bewegung konnte alles verändern. Entschied darüber, ob man gesund blieb oder zum Krüppel wurde. Über Leben oder Tod. Ein Lidschlag – ein anderes Leben. Steve, Rafik, eiskalte Castinghallen – oder hierbleiben, dieses Bett, diese grauen Augen, dieses Leben.

Aber schon war der Moment verstrichen, und Lena schloss ihre Augen wieder, so resolut, wie man Türen zuknallt.

Sie drehte sich auf die andere Seite, zwang ihren Atem dazu, wieder tief und regelmäßig zu werden.

»Lena?«, hörte sie Oksanas Stimme.

Sie blieb stumm, die zusammengeknüllte Decke gegen ihren Bauch gepresst.

»Lena?«, fragte Oksana noch einmal. »Lena!«

»Uhm?« Lena bemühte sich, ihrer Stimme einen verschlafenen Klang zu geben.

»Du schläfst nicht«, sagte Oksana in einem Tonfall, bei dem nicht klar war, ob es eine Feststellung war oder eine Frage.

»Was ist denn?«, sagte Lena.

Oksana schwieg. Die Stille war so laut, dass sie in Lenas Ohren klingelte. Sag was, irgendwas. Irgendwas!

»Ich habe gerade von meinem Freund geträumt«, sagte Lena. Die bescheuertste Lüge, die ihr je über die Lippen gekommen war. Aber sie sollte ja auch niemanden von irgendetwas überzeugen, sondern nur eins: verletzen.

»Freund?«

»Ja, aus Shanghai.«

»Von dem hast du nie erzählt.«

»Doch. Dieser Fotograf, der die Fotos für mein Portfolio gemacht hat.«

»Der Chinese mit den Augenbrauen?«

»Amerikaner chinesischer Abstammung.«

»Ich dachte, der wäre eklig?«

»Er ist sehr begabt. Er hat sogar für die chinesische *Vogue* gearbeitet.«

»Und du schläfst mit ihm?«

»Ja«, sagte Lena. »Seit ein paar Monaten schon.«

Wenn sie schon zuschlug, dann richtig, damit es kein Zurück mehr gab.

Oksanas Blick tat weh, aber Lena empfand auch Stolz. Sie, die als Letzte in der Klasse einen Kerl geküsst hatte, war die Erste von ihnen, die mit einem richtigen Mann geschlafen hatte. Der außerdem einen gelben Honda hatte und eine eigene Wohnung.

»Durch ihn habe ich ziemlich gute Aufträge bekommen. Das Shooting hier in Sankt Petersburg – hat er organisiert. Er kümmert sich um mich. Mein blaues Kleid? Hat er bezahlt.«

»Aber das ist Prostitution!«

»Du tauschst Sex sowieso immer gegen irgendwas ein. Gegen einen Kerl. Gegen einen Kerl mit Auto. Gegen Blumen, gegen Anerkennung, gegen was auch immer. Geld ist mir lieber«, gab Lena die Worte wieder, die sie einst aus Ljudmilas Mund gehört hatte. »Was denkst du denn, was Liebe ist? Ein fairer Deal. Er schleppt die Lebensmittel in den fünften Stock, du machst ihm Essen. Du schläfst mit ihm, er kauft euch Ringe. Es ist ein Tausch. Einfach ein Tausch.«

Sie wiederholte ihre Worte in vielen Variationen, so oft, als würden sie dadurch zur Wahrheit gerinnen. Oksana sagte nichts, weinte nicht, obwohl Lena fest damit gerechnet hatte.

Sie wickelte eine von Oksanas seidigen Haarsträhnen um ihren linken Zeigefinger.

»Wusstest du, dass Haare aus abgestorbenen Zellen bestehen? Das hier ist alles tot. Im Prinzip ist es Müll, der aus dem Kopf rauswächst.«

Dann drehten sie sich beide auf ihre Seite des Bettes, versanken in ihren Gedanken.

Lena dachte an die zwei knutschenden Frauen in der U-Bahn, die sie einmal zusammen mit Oksana gesehen hatte, und an die Gruppe johlender Teenager, die sie nach drei Haltestellen umzingelt hatten: »Können wir mitmachen?«

Sie dachte an die Rentnerin mit dem räudigen Jack Russell und deren Blick.

Sie dachte an die breitschultrigen Frauen mit den abrasierten Schläfen.

Sie würde niemals so sein können.

Sie wäre eher eine von den Mäuschenstillen. »Leiser als Wasser, niedriger als Gras«, wie man hier sagte. Oksana und sie würden sich einen Verwandtschaftsgrad für die Vermieter ausdenken müssen und Alibifreunde für Eltern und Kollegen. Draußen ihre Gespräche filtern. Sich gegenseitig vor Fremden verleugnen. *Das neben mir auf dem Foto? Das ist meine Cousine.*

Eine Liebe wie eine Zimmerpflanze – für ein Leben außerhalb der vier Wände nicht geeignet.

Drei Straßen weiter gab es zwei solche »Cousinen«. Sie waren Mitte 40, lebten in einer Einzimmerwohnung und huschten so schnell und geräuschlos durch Krylatowo, als wollten sie der Welt sagen: Keine Sorge, wir sind gleich wieder weg, wir sind eigentlich überhaupt nicht da.

Und was erwartete sie hier? Vermutlich kein Hochschulabschluss. Wahrscheinlich eine Ausbildung. Ein Job, vielleicht ein Hobby, am Wochenende ein Joghurt oder eine exotische Frucht aus dem »All right«, vielleicht irgendwann eine Woche am Schwarzen Meer. Kleine Ziele, einfach zu erreichen. Ein langes Leben, das sich in wenigen Worten erzählen ließ.

Und dann? Sie würde eine dieser zigarettengelben Erwachsenen werden, wie ihre Eltern. In einer zigarettengelben Wohnung leben, in der nichts weggeschmissen wurde: Alte Klamotten wurden zu Datscha-Klamotten, später zu Putzlappen. Abgenagte Hühnerknochen wurden zu Sud. Und wenn es eine Möglichkeit dafür gäbe, würde man auch Klopapier mehrmals benutzen.

Sie hatte so viel Energie darauf verwendet, raus aus diesem Kaff zu kommen. Das konnte sie jetzt doch nicht aufgeben!

Sie dachte an die erniedrigende, verschwitzte Gymnastik mit Steve. Die ranzige Dusche im Apartment, den stinkenden Minibus. Jeder Morgen – ein Lottospiel. Mit ebenso dünnen Gewinnchancen. Aber hättest du täglich einen Lottoschein – würdest du ihn wegschmeißen?

Draußen kreisten Schneeflocken im Lichtkegel der Straßenlaterne. Oksana atmete genauso regelmäßig und still wie sie selbst. Als seien sie in einem Wettbewerb, wer überzeugender atmen könnte.

KAPITEL 15

OKSANA

PARTY

Der Zipper ging mit einem Ratsch zu. Oksana fühlte sich leicht im Kopf, vor Überraschung oder davor, dass sie die Luft zu lange angehalten hatte. Sie musste den Bauch bis zum Anschlag einziehen, aber das Kleid passte. In der letzten Woche hatte sie zwei Kilo abgenommen, und das, obwohl sie die Diät längst über Bord geworfen hatte. Jedes Mal, wenn sie an Lena dachte – und das tat sie ständig –, hatte sie einen Kloß im Hals, der jegliches Schlucken, also auch Essen, unmöglich machte.

Wenn sie ihren Computer einschaltete, krampfte sich ihr Magen zusammen. Die Erinnerungsmails trafen verlässlich ein, und schon drei Mal hatte sie WhatsApp-Nachrichten mit ihren eigenen halbnackten Körperteilen erhalten: »Wir vermissen dich! Schau doch mal wieder vorbei!«

Also loggte sie sich ein, klickte, likte, postete alles Mögliche, nur keine Rezepte. Bei ihrem letzten Besuch hatte sie im Forum einen Satz gelesen, der 120 erhobene Daumen bekommen hatte: »Nur wenn du dich am schlechtesten fühlst, siehst du am besten aus.«

Was für ein Schwachsinn. Aus dem Spiegel starrte Oksana eine blasse Fratze entgegen, die Haut teigig und aufgequollen wie ein Hefepfannkuchen. Das Spitzenkleid mit seinen Ausschnitten fand sie auf einmal kitschig und billig. Sie zog es aus und streifte eine Jeans und ein schwarzes Top über. Dann sprühte sie sich mit dem Parfüm ihrer Mutter ein, trug Wimperntusche auf, färbte die Lippen rot, sah noch mal in den Spiegel – ein Pfannkuchen mit rotem Mund.

Aus Lenas Wohnung nebenan dröhnte bereits seifiger Technopop, wahrscheinlich Dilana Trance. Sie hatte nicht die geringste Lust, hinüberzugehen. Mit Lena hatte sie in der vergangenen Woche nur das Nötigste geredet und wollte weder sie noch irgendeinen anderen Menschen sehen.

Aber die Getränke und die Torte waren eingekauft, Nachbarn vorgewarnt, Lenas Eltern dazu überredet, samt Baba Polja für eine Nacht bei der Cousine der Mutter zu übernachten. Die Schulkameraden sprachen seit zwei Wochen über nichts anderes, und sie war eine der Gastgeberinnen. Es schien einfacher, es durchzustehen, als das Ganze abzusagen. Trotzdem konnte sie sich seit zwei Stunden nicht dazu bringen, ihr Zimmer zu verlassen.

Die Küche in Lenas Wohnung war schon so vollgequalmt, dass die Luft trüb schien wie ein Aquarium, das man zwei Monate nicht gesäubert hatte. Serjoscha aus der 10c drückte ihr ein Glas Sekt in die Hand. Oksana mochte keinen Alkohol, aber sie mochte, was er mit ihr machte. Die Wärme kroch durch ihre Venen und zeichnete die Realität weich. Plötzlich wirkte alles wie eine Bleistiftskizze, bei der die harten Konturen und Linien mit dem kleinen Finger verwischt worden waren.

Oksana hätte nie gedacht, dass so viele Menschen kommen würden. Fast die gesamte 10a war da, ein großer Teil der 10b und 10c, ein paar Neuntklässler und sogar Elftklässler. Wahrscheinlich hat der Freitagabend in Krylatowo keine spannendere Attraktion hergegeben als die moderne Version des »hässlichen Entleins«, in der Lena sich vom »Rechen« in einen Kleiderbügel für chinesische Mode verwandelt hatte.

Lena sah die ganze Zeit so aus, als posierte sie für ein Foto – sie strahlte, warf ihre Haare mit einer Hand über die Schulter, machte Schmollmünder. Aber Oksana bemerkte, dass Lena, wenn niemand hinsah, ihre Nagelhaut mit den Zähnen in langen dünnen Streifen abzog – ein Zeichen, dass sie nervös war.

Die ehemaligen Klassenkameradinnen pilgerten eine nach der anderen zu ihr hin – »Schön, dass du wieder da bist!«, »Danke für die Einladung«, »Und, wie ist es da drüben?« – und zogen wieder ab, nachdem sie Lena lange genug von nahem beäugt hatten. Die Jungs glotzten heimlich, von der Seite. Ihre Blicke tasteten Lena ab wie eine Avocado auf dem Prüfstand des Reifegrads. Was hatte die Welt in ihr erkannt, das sie damals übersehen hatten?

Die Hauptattraktion war allerdings nicht Lena, sondern Alina aus der 10b, die schon um 21 Uhr 43 in ihre Handtasche kotzte.

Auch Mammut war mit seiner Gefolgschaft gekommen, mit Sparschwein und Bart – dem einzigen Kerl der Klasse, dessen Behaarung sichtbar genug war, um daraus einen Spitznamen zu machen. Sie standen am Kühlschrank und diskutierten angeregt mit Alesja, der Klassenstreberin. Oksana gesellte sich dazu. Es ging darum, wie viel Wodka man aus der Flasche, die Lenas Eltern im Gefrierfach hatten, abgießen und mit Wasser auffüllen konnte, damit es die Eltern später nicht merkten.

»Ich sag's euch. Mehr als zwei Shots, und der Wodka wird gefrieren. Glaubt mir doch, Chemie ist mein Lieblingsfach!«

»Ach, für eine Schnapsrunde wird es reichen«, sagte Bart.

Sparschwein füllte fünf Gläser und deutete allen an, sie zu erheben.

»Auf die Naturwissenschaften!« Er prostete der Runde zu.

Oksana nahm einen Shot, und dann noch einen. Aus dem Nebenzimmer hörte sie Lenas Lachen. Es war ein Lachen, das sie aus Shanghai mitgebracht hatte – affektiert, mit in den Nacken geworfenem Kopf.

Diese Lena, die rauchte, lachte und sich durch die vollgequalmte Küche bewegte, als sei diese ein Catwalk, war nur eine schlechte Kopie der Lena, die sie kannte.

»Tanzen?«, sagte Oksana zu Mammut.

Im abgedunkelten Wohnzimmer wiegten sich schon einige Paare zur Technoversion einer Ballade, die Jungshände geparkt an den Hintern der Mädels. Oksana schlang ihre Arme um Mammuts Schultern, drückte ihren Schoß fest an seinen und ihre Lippen auf seinen Mund. Sie öffnete die Augen. Sie hatte nicht erwartet, dass sie Mammut von nahem schön finden würde. Die meisten Männer, die sie kannte, sahen aus der Kussperspektive aus wie Ziegenböcke.

Sie legte ihren Kopf an Mammuts Brust. Heute roch er nicht mehr nach seinem Deo, sondern nach genau der richtigen Menge an Schweiß und Haushaltsseife. Oksana erinnerte sich daran, dass er seine Wäsche selbst wusch. Ob er überhaupt warmes Wasser zu Hause hatte?

Aus den Augenwinkeln beobachtete sie ein Grüppchen Mädchen. In ihrer Mitte machte Tanja, das Lästermaul, Lenas neue Art zu laufen nach – diese seltsame Mischung aus Stechschritt und Hüftwackeln. Tanja lief schräg durch den Raum, blieb in der Mitte stehen, winkelte das Bein an, stemmte den linken Arm in die Seite und lachte als Erste über ihre eigene Performance.

Aber die Köpfe hatten sich da schon weg von ihr und zum Türrahmen hin gewendet. Dort stand Lena, die Augen weit aufgerissen. Die Asche der Zigarette in ihrer zitternden Hand fiel auf den Teppich. Tanjas Clique schien peinlich berührt zu sein, aber auch trotzig. Lena warf Tanja einen kurzen, verächtlichen Blick zu. Ein Spucken mit den Augen. Ihre Stimme köchelte vor Wut über.

»Ihr seid nur neidisch, weil ihr den Rest eures Lebens in euren Zweizimmerwohnungen Kartoffeln fressen werdet. Und dann lasst ihr euch von diesen Idioten hier schwängern und vermietet eure Köpfe an sterbensöde Firmen!«

»Was bekommt man denn pro Stunde, wenn man seinen Körper vermietet?«, fragte Tanja bockig.

Lena sah aus, als würde sie entweder gleich in Tränen ausbrechen oder ihre Zigarette in Tanjas Gesicht ausdrücken. Stattdessen aber ging sie auf Oksana los.

»Du!«, rief sie in einem Heulton, der sich beinah tierisch anhörte. »Verräterin! Konntest wohl deine Klappe nicht halten!«

Oksana wollte sagen: Halt. Ihr erklären, dass sie nichts von Steve erzählt hatte. Dass Tanja eine gemeine Ziege war, die keine Ahnung hatte, wovon sie sprach, und mit ihrem Kommentar wahrscheinlich auf ihre Shooting-Honorare anspielte. Aber dann trotzte sie Lenas Blick stumm.

Sollte sie denken, was sie wollte.

Oksanas Kopf fühlte sich an wie in jener Nacht, als Lena von Steve erzählte und Oksana im Bett lag, unfähig, zu sprechen oder sich zu bewegen.

In schwierigen Minuten konzentriere dich auf deinen Atem, hatte sie in einem der Selbsthilferatgeber ihrer Mutter gelesen, die seit neustem überall in der Wohnung zu finden waren. Die Methode hatte sich damals bewährt, und sie tat es auch jetzt: Sauerstoff rein, CO_2 raus, Sauerstoff rein, CO_2 raus, Sauerstoff rein ...

Oksana und Lena starrten einander schweigend an, die Wut zwischen ihnen schimmernd wie ein Hitzeschleier. Dann zog Mammut an Oksanas Ärmel.

»Lass mal frische Luft schnappen.«

Draußen wühlte der Putin-Hund in den Tonnen. Ein paar von ihnen hatte er schon umgeworfen. Er war pitschnass, roch nach vergorenem Müllwasser und wollte mit Mammut kuscheln.

»He, he«, sagte Mammut gutmütig und versuchte ihn zu vertreiben. Aber der Putin-Hund wollte nicht gehen. Also nahm Mammut einen Stock, den er im Hof fand, und kraulte das Tier damit zwischen den Ohren.

Oksana spürte ein Schluchzen in sich aufsteigen. Dem Putin-Hund ging es wie ihr mit Lena. Gestreichelt werden? – Ja, aber nur mit dem Stöckchen.

Mit übermenschlicher Anstrengung gelang es ihr, die Tränen hinunterzuschlucken.

»Wenn Hunde fliegen könnten, was denkst du, was hätte er für Flügel?«, fragte sie leise.

»Dieser Köter und Flügel?« Mammut lachte. »Du kommst vielleicht auf Ideen.«

Es war hoffnungslos, dachte Oskana. Mammut war phantasie- und farblos wie Wasser. Aber braucht man nicht Wasser, um zu überleben? War Wasser nicht das wichtigste Element überhaupt?

Sie setzte sich auf ein uraltes kaputtes Flakgeschütz, das ein Militärenthusiast auf dem Spielplatz installiert hatte und das Kinder mehr liebten als jedes Klettergerüst. Mammut legte einen Arm um ihre Schulter und sah sie durch seine roten Wimpern an. Seine Augen erinnerten Oksana nicht mehr an Popel, sondern an Stachelbeeren.

»Warum hast du mich eigentlich nie geküsst?«, fragte Oksana.

»Weißt du«, sagte er. »Es war wie mit diesem neuen Schüler, dessen Namen ich vergessen hatte. Wenn ich mit ihm in der Pause quatschte, habe ich mich nie getraut, nachzufragen. Und je öfter wir gesprochen haben, desto unmöglicher wurde es. Ergibt keinen Sinn, oder?«

»Doch«, sagte Oksana. »Ergibt absolut Sinn.«

»Und außerdem ... Lena und du«, fügte Mammut hinzu. »Ihr wart so. So ...«

»Das war mal.«

»Also ihr habt ... Ihr seid ... Ihr wart ... Krass.«
Oksana nickte.

Und dann nickte sie noch mal.

Es fühlte sich so gut an, dass sie noch ein drittes Mal nickte. Mammuts Frage, ihre Antwort, machten real, was Lena nicht wahrhaben wollte. Es war echt. Es war da. Und sie hatte das Recht, darüber traurig zu sein.

In der Hosentasche vibrierte ihr Handy, einmal, zweimal. Sie holte es hervor, um den Vibrationsalarm auszuschalten, und sah, dass es drei neue Posts auf ihrer Vkontakte-Timeline gab.

Sie stammten von einer Frau, die ihr Anfang November eine Freundschaftsanfrage geschickt hatte. Oksana hatte damals nicht gewusst, wer sie war, die Anfrage jedoch aus Neugier angenommen. Nun postete diese Unbekannte Ausschnitte von Oksanas Fettfotos auf ihrer Timeline. Sie waren immerhin so zugeschnitten, dass Oksanas Gesicht nicht zu erkennen war. Darunter stand: »Deine Freunde sind sicher neugierig auf mehr!« Und weiter: »Wir haben das Gefühl, du schenkst uns in letzter Zeit nicht genug Aufmerksamkeit. :((((Weniger als 50 Likes letzte Woche! Wir vermissen deine Rezepte! Bis morgen bitte ein neues, sonst ...!«

»Was ist los?«, erkundigte sich Mammut.

»Erinnerst du dich an diese Seite, von der ich dir erzählt habe?«

»Diese irren Magersüchtigen?«

»Sie erpressen mich. Wenn ich nicht mache, was sie wollen, laden sie Fotos von mir im Netz hoch.«

»Nacktfotos?«

»Nicht direkt. Fettfotos. Fotos von meinem Hintern, meiner Bauchfalte, von ...«

»Oksana, du spinnst«, unterbrach Mammut sie. Um seinen Worten Nachdruck zu verleihen, nahm er ihren Kopf in seine Hände wie einen Fußball und schaute ihr direkt in die Augen. »Du bist wirklich schön. Das sage ich dir als Mann. Und selbst wenn du mir nicht glaubst – ein Bild deines Arsches im Internet ist nicht das Ende deines Lebens. Menschen haben schon Schlimmeres überlebt – den Tod eines Angehörigen, Krankheit, Krieg.«

Als sie das Wort »Krieg« hörte, zuckte Oksana unwillkürlich zusammen. Ohne es zu wissen, hatte Mammut den Finger in die Wunde gelegt.

»Du zitterst«, sagte Mammut. »Ist dir kalt?«

Oksana nickte. »Lass uns wieder hochgehen. Aber zu mir. Die Party ist lahm.«

»Und deine Eltern?«

»Nicht da.«

Im Flur stellte Mammut seine Schuhe ordentlich nebeneinander, guckte auf seine löchrigen Socken, zog dann auch sie aus und schob sie in die Schuhe.

Auf einmal waren sie so schüchtern, als hätte es die Küsse auf der Party nicht gegeben. Oksana kochte Tee. Dann setzten sie sich auf die Couch und tunkten trockene Kekse in ihre Tassen. Mammut streichelte Oksanas Oberschenkel wie ein Haustier, und ihr fiel zum ersten Mal auf, dass er zwar Riesenhände, aber die Fingernägel einer Frau hatte. Wieder war es Oksana, die sich zu ihm hinüberbeugte.

An Mammuts Lippen hingen noch ein paar Kekskrümel. Er war kein besonders guter Küsser, aber es war egal. Dass man das, was sie taten, bei Licht machen konnte, mit Bild und Ton, war aufregend und neu. Zu ihrer eigenen Überraschung bemerkte Oksana, wie ihr Atem schneller ging. Der menschliche Körper ist so komplex und primitiv zugleich, dachte sie, es ist der Wahnsinn.

Lena, das Forum, die Trennung der Eltern – Mammut hätte gerade noch gefehlt. Aber genau so war es: Er hatte gefehlt. Beziehungsweise, er war zumindest jemand, an dem man sich festhalten konnte, um im Strudel all des anderen Übels nicht unterzugehen.

Oksana spukten Gesprächsfetzen im Kopf herum – »Kartoffeln fressen in euren Zweizimmerwohnungen«,

»euch von diesen Idioten schwängern lassen«. Aber dann legte sich ein Schalter um und knipste alle Gedanken aus, bis sie den Schlüssel im Türschloss hörte und dann Stimmen im Flur.

Mammut und sie setzten sich sofort auf dem Sofa auf, die Rücken gestreckt. Aber die Eltern erschraken sich mindestens genauso wie sie. Als seien sie die Teenager, die erwischt wurden.

»Wo kommt ihr denn her?«, fragte Oksana. Seit wann kamen sie gemeinsam nach Hause? Seit wann redeten sie überhaupt wieder miteinander? Warum waren die Wangen der Mutter gerötet?

»Ist die Party schon so früh vorbei?«, erwiderte die Mutter statt einer Antwort. Der Vater nuschelte »'nabenddieherrschaften« und verschwand auf dem Klo.

Die Mutter hatte sich schnell gefangen und gluckte herum:

»Es ist fast Mitternacht, ihr müsst am Verhungern sein! Die Kekse hier sind doch staubtrocken … Kommt, kommt in die Küche!«

Sie trug ein tief ausgeschnittenes Abendkleid, dem es nicht vollständig gelang, ihre Oberweite in Schach zu halten. Ihr Busen bebte, während sie Stullen mit gekochter Rinderzunge und Meerrettich zubereitete. Als sie zusätzlich Petersilie darauf packte, wusste Oksana, dass Mammut ihrer Mutter gefiel. Sie drückte ihre Gefühle in Lebensmitteln aus. Man konnte anhand dessen, was sie servierte, immer sagen, ob sie einen nur fütterte oder ihre Zuneigung ausdrückte.

Nach fünf Stullen und drei Tassen Tee hatte Mammut es geschafft, sich zu verabschieden. Der Vater schnarchte bereits aus dem Wohn-/Schlafzimmer herüber. Oksana räumte den Tisch ab, während die Mutter Mammuts Vorzüge aufzählte, von denen Oksana bisher nichts gewusst hatte.

»So höflich! Und sehr guter Appetit – das heißt, er ist gesund. Und die Augen ...«

»Mam«, unterbrach Oksana sie. »Erzähl mir lieber, was mit dir und Papa ist.«

»Weißt du, Oksana. Heutzutage ist eine Secondhand-Frau wie ein gebrauchtes Auto. Es ist, wie du's gesagt hast: Wer will nach zwanzig Jahren Ehe noch eine Frau wie mich?«

»Aber das habe ich nicht so gemeint! Das ist mir damals nur so rausgerutscht, weil ich sauer war.«

»Aber es ist doch so: Eine verheiratete Frau verliert mit dem Alter an Wert. Ein Mann, der schon mal verheiratet war, ist wie ein renovierter Altbau – sein Preis steigt.«

»Aber liebst du ihn denn noch? Nach alldem?«

»Liebe ... Liebe ist nichts, was einem passiert. Liebe ist etwas, was man zusammen aufbaut. Wie ein Haus. Jetzt, nachdem ich so viel an diesem Haus gewerkelt habe, lasse ich mich nicht daraus vertreiben.«

»Das heißt, ihr bleibt zusammen.«

Ihre Mutter lächelte, aber es war kein echtes Lächeln, eher ein Auseinanderziehen der Mundwinkel, das man vor Zuschauern aufführte.

In ihrem Zimmer holte Oksana ihren Laptop unter dem Bett hervor und loggte sich bei *leningrad-diet.ru* ein.

Sie öffnete den Thread »Geständnisse« und schrieb:

»Die meisten hier sind ernsthaft krank. Und die, die noch gesund sind, werden hier krank gemacht. Flieht, solange ihr könnt. Das Forum wird alles tun, damit ihr es nicht schafft, loszukommen. Aber ein Bild von eurem Speck im Internet wird euch nicht umbringen – dieses Forum hingegen über kurz oder lang schon, so wie es *Dünner* umgebracht hat. Ich weiß, dass dieser Post wahrscheinlich sofort gelöscht werden wird. Aber wer es liest – rennt, rennt, rennt! Ich werde dieses Forum bei der Polizei anzeigen. Es tut mir alles so leid. Eure *hunger16_w*«

Dann schaltete sie den Laptop und das Licht aus.

Sie schlief traumlos wie ein Insekt.

KAPITEL 16

LENA

KOFFER

Lena packte ihre neuen Jeans in den Koffer, ein Dutzend Unterhosen, fünf, nein, sechs, nein, doch fünf T-Shirts und den Plüschhasen. Sie packte Tabletten gegen Verstopfungen ein, die sie für Ljudmila in der Apotheke besorgt hatte – zum Abnehmen. Dann fiel ihr ein, dass Ljudmila sie nicht mehr brauchte, und packte sie wieder aus.

Nach anderthalb Wochen Funkstille hatte Ljudmila ihr am Tag zuvor geschrieben, dass sie zurück in der Ukraine sei. Im Anhang fand Lena ein Foto von ihr und ihrer leeräugigen Tochter. Ljudmila war bei einem Casting zusammengebrochen, und Rafik hatte die Gelegenheit genutzt, sie nach Hause zu schicken. Sie werde nun versuchen, von ihrem Dorf aus als Camgirl zu arbeiten. Es tat Lena leid, für Ljudmila, aber vor allem für sie selbst. Shanghai würde ohne Ljudmila, Katarzyna und Alima trostloser denn je sein.

Lena packte ihre neuen Stiefel ein – ein Geschenk ihres Vaters. Sie packte Shampoo ein, Pflegespülung, Haarkur, Enthaarungscreme, Haarschaum, Haarspray, Augentropfen, Peeling, Tuchmaske, Augenbrauenpinzette – all diese Dinge, von deren Existenz sie vier Monate zuvor keine Ahnung hatte. Und jetzt konnte sie sich nicht mehr vorstellen, wie ein Leben ohne diese Produkte aussah. Sie schloss ihre Hand um das kleine Kreuz an einer Silberkette, das ihre Mutter in der Kirche hatte segnen lassen. Dann griff sie nach Oksanas T-Shirt. Würde es sie noch trösten oder sie nur mit Erinnerungen ohrfeigen?

Nachdem Mammut und Oksana gegangen waren, hatte sie die Party aufgelöst, unter dem Vorwand, dass ihre Eltern bald nach Hause kämen – was gelogen war. Als sie die Gäste im Flur verabschiedete, hörte sie, wie jemand hinter ihrem Rücken »Schlampe« sagte, in einer Lautstärke, die sie früher im Unterricht selbst gut draufhatte – laut genug, dass jeder es mitbekam, und zugleich so leise, dass der Lehrer die Quelle nicht lokalisieren konnte.

Als alle die Wohnung verlassen hatten, legte sich Lena noch angezogen ins Bett, müde und aufgekratzt zugleich. Das Zimmer fühlte sich ohne Baba Polja viel einsamer an, als sie jemals gedacht hätte. Die Stimmen von Oksana und Mammut hinter der Wand bohrten sich in ihren Schädel wie ein mittelalterliches Foltergerät.

Auf der Party hatte sie gesehen, wie Oksana beim Küssen auf der Tanzfläche lächelte.

Es zu tun war eine Sache.

Es zu mögen war Verrat.

Sie wollte Oksana anschreien. An ihrer Brust weinen. Ihr sagen, dass sie doch nicht nach Shanghai flog. Ihr alles erklären. Ihnen beiden, Mammut und Oksana, eine scheuern.

Aber dann verstummten die Stimmen, und das war noch schlimmer, denn Lena konnte sich vorstellen, warum.

Das Bedürfnis zu sprechen, sich zu rechtfertigen, wurde mit jeder Sekunde dünner, wie ein Gin Tonic, in dem die Eiswürfel schmolzen. Wofür sollte sie Oksana zur Rede stellen? Was wollte sie ihr erklären? Was für ein Recht hatte sie dazu überhaupt?

Alles, was sie jetzt tun konnte, war, die Sache abzuhaken. Vielleicht war es besser so.

Sie legte Oksanas Shirt beiseite.

Ihr Gedächtnis spülte ungefragt eine Erinnerung hoch. Ihre Eltern gingen mit Oksana und ihr im Park des Sieges spazieren. Sie waren sieben oder acht, Lena schon damals einen Kopf größer als Oksana. Sie reichte an die Trinkfontäne, Oksana nicht. Lena versuchte Oksana hochzuheben, damit sie auch rankäme – erfolglos. Also nahm sie einen Schluck Wasser und spritzte ihn in Oksanas Mund. Lippen an Lippen. »Mama hat mir erzählt, dass Vögel so ihre Jungen füttern«, hatte sie gesagt. Es fühlte sich verboten und aufregend an, und sie verstand intuitiv, warum die Eltern ihnen beiden danach einen Klaps auf den Hintern gaben. Oksana aber weinte und rief: »Das ist unfair, ich hatte doch nur Durst!«

Das Schlafshirt noch in der Hand, klopfte Lena ihren Geheimcode an die Wand. Viermal kurz, dreimal lang: Ich denk an dich, ich bin da. Oksana antwortete normalerweise mit zweimal lang klopfen: da, da. Doch diesmal blieb es still. Oksana wollte nicht oder war nicht zu Hause.

Da noch Platz in der Tasche war, beschloss Lena, ein Glas Marmelade aus Baba Poljas Herstellung einzupacken.

In der Küche schnippelte ihre Urgroßmutter Äpfel klein, um sie einzulegen. Ihr Hobby war ein finanzielles Desaster, weil Äpfel im Winter viel teurer waren als fertige Apfelkonserven. Aber der Vater liebte Baba Polja, und Baba Polja liebte es aus irgendeinem Grund, Essen einzulegen und Marmelade zu kochen.

»Du musst das nicht machen«, sagte Lena. »Man kann heutzutage frisches Obst im Winter kaufen. Es gibt Supermärkte. Sogar welche, die vierundzwanzig Stunden geöffnet haben.«

»Okay«, erwiderte Baba Polja und schnippelte weiter.

Lena küsste Poljas Stirn. Ihr Gesicht war knittrig und ewig wie ein Urzeitfisch.

»Ich fahre morgen weg«, sagte Lena. »Weit weg.«

»Okay.«

Lena legte ein Glas Himbeermarmelade in die Tasche und auch Oksanas Shirt. Dann nahm sie es wieder heraus und legte es zurück in den Schrank. Dachte kurz nach und packte es wieder ein.

KAPITEL 17

OKSANA

MASSENGRÄBER

Der Bus keuchte an die Haltestelle heran. Eine Handvoll Rentner stiegen zusammen mit Oksana aus und außerdem zwei Schülerinnen mit einem Strauß komatöser Nelken. Regen klatschte Oksana ins Gesicht. Schützend hielt sie sich den Arm an die Stirn und lief den Rentnern und Schülerinnen hinterher.

Etwa eine halbe Million Leningrader Bürger lagen auf dem Piskarewskoje-Friedhof. Die meisten von ihnen auf 168 anonyme Massengräber verteilt, die lediglich ein Datum auswiesen: 1941. Oder 1942. In den schlimmsten Wintermonaten der Blockade hatte niemand über die Kraft oder die Mittel, die Namen der Toten aufzuschreiben. Die Körper wurden einfach aufeinandergestapelt. Später sprengten die Soldaten Massengräber in den gefrorenen Boden.

Eine lustlose, vielleicht auch nur erkältete Führerin spulte die Fakten herunter, die Oksana ohnehin bekannt waren:

Am 7. Februar 1944 wurde Leningrad befreit. Knapp eine Million Menschen kamen in den 900 Tagen der Blockade um. Als sie aufgehoben wurde, zählte die Stadt nur noch ein Viertel der ursprünglichen Bevölkerung, der Rest war evakuiert worden oder tot. Die Nazis hatten die Wohnungen von 700 000 Leningradern zerstört, über 800 Fabriken, mehr als 70 Brücken und 100 Museen. Alle Vögel und Tiere waren verspeist worden. In ganz Petersburg gab es keine Katze mehr – junge Kätzchen mussten aus Jaroslaw importiert werden.

Oksanas Handy vibrierte, und sie zuckte aus Gewohnheit zusammen, obwohl das Forum inzwischen aufgegeben hatte, sie zu drangsalieren. Am Morgen nach ihrem Post hatte sie eine letzte E-Mail der Admins erhalten: »Es wäre nicht so schlau, bei der Polizei zu petzen. Wir haben noch Screenshots eurer letzten Unterhaltung. Du hast das Rezept für Senfkörnerbrätlinge an eine Kranke mit einem Magengeschwür geschickt. Du hängst da mit drin. Aber wenn du schweigst, schweigen auch wir – plus: Niemand kriegt deine Fettfotos zu sehen. Auf Niewiedersehen.«

Seitdem herrschte Ruhe. Wenn Oksana *leningrad-diet.ru* eingab, sah sie nur eine schlecht designte Seite, die ein Stück Blockadebrot zeigte. Entweder hatten sie Oksanas Profil gesperrt, oder die Community hatte sich abgeschottet und nahm keine Neuen mehr auf.

Oksana las die SMS: Ihre Mutter bat sie, auf dem Rückweg vom Kino Brot zu kaufen. Oksana hatte erzählt, dass sie mit Mammut in die Nachmittagsvorstellung gehen wolle. Sie konnte sich selbst weder erklären, warum sie ihren Ausflug verheimlichte, noch, was sie eigentlich zum Piskarewskoje-Friedhof getrieben hatte.

Oksana hatte Denkmäler und Erinnerungsorte nie gemocht. Sie war der Meinung, dass sie einen dazu zwingen wollten, etwas zu empfinden – also stellte sich ihr Kopf stur und fühlte nichts. Betroffenheit als Pflichtprogramm rief Trotz in ihr hervor.

Aber dieser Friedhof war anders. Sie fühlte sich erschlagen bei der schieren Vorstellung, wie viele Menschen hier begraben lagen.

»Lass niemanden vergessen und niemanden vergessen sein«, sagte eine der Zeilen auf dem Hauptdenkmal. Und Oksana spürte es mit derselben Deutlichkeit wie damals, als sie mit Mammut auf dem Spielplatz saß: Dass etwas vorbei war, bedeutete nicht, dass es nicht mehr wichtig war.

Sie hatte keine Blumen mitgebracht. In ihren Hosentaschen fand sie nur ein Haargummi und ein Bonbonpapier. Sie nahm ihr Armband ab – zwei dünne verschlungene Lilien aus Silber, ein Geschenk zu ihrem 17. Geburtstag – und legte es auf eines der Gräber.

Dann trabte sie zurück zur Bushaltestelle. Es war kalt, und ihre Mutter würde einen Anfall kriegen, wenn das Brot nicht pünktlich zum Abendessen da wäre.

Die Autorin dankt:

Den Mitarbeiterinnen des Blockademuseums in Sankt Petersburg, die Erinnerungen wachhalten und eine Engelsgeduld mit meinen Nachfragen hatten.

Den Autoren von großartigen historischen Werken, ohne die dieses Buch nicht möglich gewesen wäre – »900 Tage: Die Belagerung von Leningrad« und »Das Blockadebuch« – sowie allen Blockadeüberlebenden, die ihre Erinnerungen mit der Nachwelt geteilt haben.

Meiner Lektorin Claudia Marquardt für ihr Vertrauen in das Buch und die Freiheiten, die sie mir gelassen hat.

Meinem Agenten Marco Jakob, der es immer wieder schafft, Lektorinnen wie Claudia zu finden.

Dem ganzen Ullstein fünf-Team für seine tolle Arbeit.

Meinen Eltern für die Liebe und die guten Bücher, die sie mir von früh an zu lesen gegeben haben.

Und Raúl dafür, dass er mein Zuhause ist.

Besuchen Sie uns im Internet
www.ullsteinfuenf.de

Ullstein fünf ist ein Verlag der Ullstein Buchverlage GmbH, Berlin

ISBN 978-3-96101-006-6

©2018 by Ullstein Buchverlage GmbH, Berlin
Alle Rechte vorbehalten
Umschlaggestaltung: semper smile, München
Foto der Autorin in der Innenklappe und auf Seite 1:
© Nadine Städtner
Gesetzt aus der Dante MT
Satz: L42 AG, Berlin
Druck und Bindung: GGP Media GmbH, Pößneck
Printed in Germany